그 남자의
목욕

그 남자의 목욕

유두진
장편소설

P:AZIT

차례

1장

_____

옷 벗기

"강기웅 씨! 수건부터 갖다 놓으라고 몇 번을 말해요!"

서방준이 소리를 지른다. 나는 급히 동작을 멈춘다. 젖은 체육복들을 빨래통에 집어넣던 중이었다.

"에이 진짜! 왜 저렇게 어리바리한 거야."

서방준이 혼잣말처럼 중얼거린다. 하지만 나 들으라고 하는 소리가 분명하다. 나는 체육복 수거를 멈추고 욕실 출입구 앞에 있는 수건함으로 이동했다. 살펴보니 수건 양이 줄어든 건 사실이었다. 하지만 아직 중간 높이까지 남아 있었다. 이 정도라면 욕실 내 손님이 한꺼번에 나와서 두 장씩 쓰더라도 충분할 양이다. 작업 중이던 체육복 수거를 마친 뒤 자판기에서 율무차 한잔 하고 오더라도 업무엔 지장이 없을 거다. 서방준이 꼬투리를 위한 꼬투리를 잡은 거라고 해석할 수밖엔 없다.

'참자, 참아야 한다.'

억지로 마음을 다잡아 본다. 하지만 부르르, 주먹이 떨리는 것까진 제어가 안 된다.

나는 서울 강남에 위치한 스포츠센터에서 일한다. 정확한 업무는 목욕시설 청소 및 라커 관리다. 이곳은 규모가 꽤 크다. 연예인 고객도 제법 있다. 시설 또한 일반 대중탕에 뒤지지 않는 수준이다. 목욕탕 내에 이발사, 구두닦이, 때밀이도 다 있다.

내게 목욕탕 업무는 고역이다. 고참 격인 서방준이 날 '갈구기' 위해 혈안이 돼 있어서다. 그럴 때마다 내 분노 게이지는 한계치를 오간다. 하지만 참아야 한다. 나는 서방준과 그를 사주한 회사 측의 노림수를 알고 있다. 막판에 흥분하면 일을 그르칠 수 있다.

창고에서 새 수건 뭉치를 꺼내 욕탕 입구 쪽에 갖다 놓았다. 수건 높이가 내 키를 넘어섰다. 이 정도면 서방준도 더는 시비 걸지 못하리라. 그렇게 수건 일을 마무리한 후 쓰레기통 쪽으로 시선을 돌렸다. 허리 높이까지 올라오는 대용량 쓰레기통에 쓰레기가 상당량 들어차 있었다.

"저… 쓰레기통이 거의 다 찼는데요."

내 말에 서방준은 눈을 부릅뜨며 쓰레기통을 훑어보더니,

"버리고 와요!"

라고 차갑게 말했다. 그는 항상 뭔가 불만스럽고 짜증스럽다는 말투다. 어쨌든 허가가 났다. 기분이 좋아지려 한다. 나는 쓰레기 버리러 밖에 나가는 걸 좋아한다. 이 답답한 목욕탕을 잠시나마 벗어날 수 있는 유일한 시간이기 때문이다. 더 좋은 건, 쓰레기 비운다는 핑계로 1층 안내데스크를 지나갈 수 있다는 점이다. 그곳엔 날 설레게 하는 곽유나가….

서둘러야 한다. 오후 2시가 가까워지고 있다. 조금 후면 안내데스크 직원 곽유나의 교대 시간이다. 지체하다간 그녀 얼굴을 못 볼 수도 있다. 재빨리 쓰레기통을 꺼내 들었다. 그리고 나가려는데,

"나가는 김에 시설팀에 좀 다녀와요. 가서 욕탕 온도 좀 체크해 달라고 해요."

서방준이 주문을 덧붙였다. 역시 그는 나를 곱게 보내주지 않는다. 시설팀에 연락하는 건 구내전화로도 얼마든지 가능하다. 굳이 직접 갈 필요는 없는데, 도대체 왜?

"시설팀에서 전화를 안 받아서 그래요. 그러니까 직접 가서 말을 하라고."

"아… 네."

"쓰레기 버리기 전에 시설팀부터 들러요. 욕탕 온도 체크가 먼저니깐."

"……"

속으로 한숨이 나온다. 시설팀부터 들른 뒤 안내데스크에 가면 곽유나는 이미 없을 거다. 다른 직원이 나와 있을 테니까. 하지만 서방준의 말을 거역할 수도 없다. 조금이라도 수틀리면 별의별 트집을 다 잡기 때문이다. 일단 쓰레기통을 끌고 목욕탕 밖으로 나왔다. 그리고 잠시 숨을 고르며 생각했다.

'시설팀 직원들은 왜 전화를 안 받는 걸까, 거기는 항상 상주 직원이 있는데.'

나는 쓰레기통을 목욕탕 출입 현관에 잠시 세워둔 뒤 시설팀이 있는 지하로 내려갔다. 시설팀 사무실에 가까워지자 보일러 소리와 각종 기계 작동 소리가 요란하게 들려온다. 시설팀은 스포츠센터 내의 모든 설비를 관할하는 곳이다. 사무실 문을 여니 당직자 최 씨 아저씨가 의자에 앉아 꾸벅꾸벅 졸고 있는 모습이 보인다. 시설팀장은 외부에 나갔는지 보이질 않는다. 시설팀에서 전화를 받지 못한 이유다.

"아저씨, 최 씨 아저씨!"

나는 최 씨를 흔들어 깨웠다. 코를 골던 최 씨가 깜짝 놀라 눈을 떴다.

"으, 응. 자, 자네 왔는가…."

"왜 이 시간에 주무시고 계세요?"

"어휴, 말도 마. 어제 여탕 점검하느라 늦게까지 일했더니…."

최 씨가 입가의 침을 닦아내며 말했다. 여탕 한증막 시설에 문제가 생겨 그걸 고치느라 새벽까지 일했다고 했다. 그리고 오늘 당직이라 아침 일찍 출근했다고 했다.

"그러니 피곤할 수밖에 없지. 남탕에 문제가 생겼을 땐 바로 수리할 수 있지만, 여탕은 그럴 수가 없잖아. 여탕 시설은 영업이 끝나는 11시까지 기다렸다가 점검해야 하니까. 그러니 작업이 늦어지지. 아… 함!"

최 씨가 다시금 하품을 크게 했다. 나는 그의 어깨를 두드려 주었다.

"네, 고생하셨네요. 아무튼 남탕 욕실 온도 좀 체크해 달래요. 부탁드릴게요."

내 말을 들은 최 씨가 눈가를 손가락으로 비비며 고개를 끄덕였다. 서방준의 말을 전달한 나는 쓰레기통을 세워둔 목욕탕 출입구 쪽으로 다시 올라갔다. 시계를 보니, 이런! 2시 3분이다. 허탈하다. 이미 곽유나의 교대 시간은 지나가 버렸다. 나는 힘 빠진 손으로 쓰레기통을 질질 끌며 1층 로비로 향했다.

1층은 한가했다. 고객 출입구 위에서 15분마다 자동 분사되는 아로마 향수의 여운만이 짙게 깔려 있었다. 안내 데스크 쪽으로 시선을 돌려보았다. 그런데 이게 웬일인가. 곽유나가 아직 있었다. 친구와 통화 중이었다. 교대할 직원이 조금 늦게 나오는 모양이었다.

'다행이다.'

나는 기쁨의 미소를 지었다. 쓰레기장에 가려면 안내 데스크 옆문을 이용해야 한다. 그러자면 곽유나를 지나쳐 가야 한다. 나는 쓰레기통을 들고 최대한 느릿느릿 곽유나 앞을 기니었다. 디디게 내딛는 내 발걸음 옆으로 곽유나의 모습이 천천히 드러난다. 나이는 20대 중반 정도, 우유보다 뽀얀 피부, 찰랑거리는 웨이브 머리, 청초해 보이는 눈빛…. 곽유나는 예쁘다.

내가 그녀의 모습에서 특히 주목하는 포인트가 있다. 바로 쇄골이다. 그녀는 멋을 내기 위해 항상 유니폼 옷깃을 위로 올린다. 목 아래 단추도 두어 개 풀어 놓는다. 그 사이로 그녀의 하얀 쇄골이 드러난다. 왼쪽 쇄골 위에는 작은 복점이 앙증맞게 찍혀 있다. 그걸 볼 때마다 내가 느끼는 감정은 꽤나 복잡 미묘하다 ― 누군가가 떠오르기 때문이다. 곽유나의 다른 신체 부위에도 저런 앙증맞은 복점이 있을까? 물론 이에 대한 답을 찾을 겨를은 없다. 그녀 옆을 지나치는 순간은 너무나도 짧다.

*

나는 제품디자이너였다. 제품디자이너란 일상에 필요한 각종 제품을 디자인하는 사람을 일컫는다. 디자인 영역은 바늘에서부터 항공기에 이르기까지 다양하다. 나는 스포츠 용품을 주로 디자인했다. 내가 소속한 P사는 축구공, 농구공, 배구공 등 각종 공류를 제조해 대기업에 납품하는 중소업체였다. 그렇게 벌어들인 돈으로 P사는 수도권 외곽의 부동산을 사들였다. 이후 부동산 가치가 크게 뛰어오르며 회사의 몸집이 커졌다.

자산이 늘어나자 P사는 자체 스포츠 브랜드 '코스나(COSNA)'를 론칭했다. 하청업체에서 벗어나 보려는 몸부림이었다. 론칭 초반 코스나는 기성 브랜드의 장벽에 막혀 고전했다. 그러나 코스나 브랜드가 새겨진 각종 공류를 중·고등학교 운동부에 반값으로 납품하면서 실마리를 찾았다. 브랜드명이 알려지자 코스나의 영역은 차차 스포츠 의류 및 언더웨어로까지 확대됐다. 이후 아웃렛과 대형마트 입점에 차례로 성공하면서 그 나름대로 경쟁력 있는 중저가 스포츠 브랜드가 되었다. 코스나 성공에 힘입어 P사는 경기도 광명에 있던 본사를 서울로 옮겼다. 이어 강남 'ㄷ' 지역에 있던 골프연습장과 고급 스포츠센터까지 인수했다.

나는 3년 전 P사에 입사했다. 제품디자이너로서 코스나의 공류를 디자인했다. 이어 장갑, 모자 등으로 디자인 분야를 넓혔다. 그랬던 내가 석 달 전 P사 계열 스포츠센터로 인사발령을 받았다. 보직은 목욕탕 청소였다. 정말 느닷없었다. 이유는 내가 권고사직을 거부해서였다. 인사발령 머칠 진, P사는 내세 회사 사정 등을 이유로 권고사직을 제안했다. 말이 제안이지 사실상 퇴사를 강요한 것이었다. 어처구니가 없었다. 나는 회사에 잘못한 게 아무것도 없었다. 회사의 실질적인 사정 또한 나쁘지 않았다. 파주 지역 모 골프장을 추가로 인수하니 어쩌니 하는 말이 오가는 상황이었다. 그뿐만 아니라 과거 P사에 하청을 주던 대기업 M사에서 업무 제휴 협약을 맺자고 제의까지 해온 상태였다. 이런 상황에서 회사 사정이 안 좋으니 나가라니, 이걸 누가 받아들이겠는가.

나는 당연히 사직을 거부했다. 그러자 회사는 '스스로

사직하지 않으면 해고하겠다'고 으름장을 놓았다. 회사의 위협은 억지였다. 노동자를 해고하려면 정당한 사유가 있어야 한다. 아무런 해고 사유가 없었기에 나는 '해고할 수 있으면 해 보라'고 맞섰다. 내 반발에 회사 측은 잠시 당황했다. 그러나 회사도 만만치 않았다. 가장 악랄한 카드를 빼 들고 반격을 가했다. '인사발령장'이었다. P사는 제품디자이너였던 나를 목욕탕 청소원으로 발령 내버렸다.

*

회원들이 벗어 놓은 체육복을 수거한다. 라커룸 여기저기에 흩어져 있는 수건들도 회수해 빨래함에 넣는다. 이제 욕탕 입구 옆 거울로 이동해 미용 물품들을 정리해야 한다. 풀어져 있는 드라이기를 가지런히 놓고 로션과 스킨을 점검했다. 로션과 스킨의 양은 이틀 전 교체했을 때보다 별로 줄어들지 않았다. 강남 지역 스포츠센터라고 해서 로션과 스킨을 고급형으로 비치하진 않는다. 그 때문에 돈 많은 회원들은 우리 목욕탕의 로션과 스킨을 그다지 사용하지 않는다.

오후 4시에 가까워졌다. 갑자기 손님들이 몰려온다. 젊고 훤칠한 회원들이다. 일반적으로 오후 4시라면 직장인들이 한창 일할 때다. 이들은 대체 뭘 하기에 매번 이 시간에 몰려오는 걸까.

"출근 준비 중인 호스트들이랑 룸빵 남자 마담들이야."

이곳 목욕탕에서 5년째 이발소를 운영 중인 김 씨 아저씨의 설명이다. 호스트와 남자 마담뿐만이 아니다. 인근 술집을 관리하는 조직폭력배들도 이 시간대의 주요 고객이다. 목욕탕에서 출근을 준비 중인 호스트들과 조폭들 사이에 서서 나는 퇴근을 준비한다. 오늘은 새벽 6시에 출근했으므로 오후 4시면 퇴근이다.

삐삐삐, 삐익!

시계에서 4시 정각 알람이 울려 퍼졌다. 나는 다시 한 번 목욕탕 주변을 정리했다. 널브러진 체육복도 수거하고 선반도 한 번 더 닦았다. 다시 시계를 보니 4시 5분이다. 나는 서방준의 눈치를 살폈다. 서방준은 불만스러운 얼굴로 시간을 확인했다. 뭔가 일을 더 시키고 싶은 눈치였으나, 그도 나의 퇴근 시간만큼은 방해할 수가 없다.

"퇴근해요."

서방준이 마지못해 말했다. 나는 돌아가고 있는 선풍기의 세기를 '중'에서 '약'으로 조정한 다음 옷을 갈아입

기 위해 개인 라커 쪽으로 향했다. 이제 자유다. 한가로운 기분이 스멀스멀 피어오른다. 그런데,

"아, 잠깐만,"

서방준이 다시 나를 멈춰 세웠다.

"가기 전에 마지막으로 빗 정리 좀 하고 가요. 바닥 대걸레질도 한 번 더 하고요. 그런 다음 퇴근해요."

역시 서방준은 서방준이다. 나를 곱게 놔주질 않는다. 하지만 참아야 한다. 쿨하게. 나는 입술을 꼭 깨물며 빗을 집어 들었다. 퇴근을 앞두고 이 정도 일이야 아무것도 아니다. 솔직히 이곳 일은 육체적으로 크게 힘들진 않다. 다만 자질구레하게 꼬투리 잡힐 일이 많다. 대표적인 게 빗 정리다. 원칙대로 하자면 회원들이 사용한 후 놓아둔 빗을 비눗물에 헹궈내고 멸균실에 넣었다가 다시 세팅해야한다. 하지만 빗이라는 게 매번 쓰는 사람과 쓰는 시간이 다르다 보니 원칙대로 하기가 어렵다. 나는 20분에 한 번씩 빗 정리를 하는 것을 임시 규칙으로 세웠다. 그래서일까. 꼬투리 잡힐 때의 단골 메뉴는 단연 빗 정리다. 5분전에 정리했어도 이후 이용자가 있다면 다시 널브러지는 게 빗이니까 말이다. 서방준은 이를 집요하게 파고들었다. 트집 잡을 때면 빗 상태부터 살핀 후 '왜 빗 정리 안했느냐!'고 따지고 들었다. 나는 할 말이 없었다.

빗 정리를 마친 나는 대걸레를 들고 바닥을 닦아냈다. 바닥 걸레질도 매번 꼬투리에 노출되긴 마찬가지다. '물기 없이 쾌적하게'가 원칙이지만, 목욕탕이다 보니 이용객들로 인해 바닥엔 물이 튀어 있게 마련이다. 그렇다고 온종일 이용자들 뒤를 따라다니며 걸레질만 할 수도 없다. 해야 할 다른 일도 많기 때문이다. 물은 수시로 바닥에 방울져 있다. 그러니 '왜 물기 안 닦았느냐!'고 눈을 부라리면, 당할 수밖에 없다.

　바닥 물기를 거의 제거했을 무렵이었다. 라커 입구 쪽에서 큰 소리가 났다.

　"에이, 쓰벌. 또 누가 집어간 거여!"

　나는 걸레질을 멈추고 소리가 난 쪽으로 고개를 돌려보았다. 양쪽 어깨에 전갈 모양 문신을 한 조직폭력배가 짜증을 내고 있었다. '남성용 고급 화장품 세트'가 없어졌단다. 언급했듯 이곳 일은 육체적으로 크게 힘들진 않다. 하지만 복병은 존재한다. 바로 도난 사고다. 이는 거의 모든 대중목욕탕에서 공통으로 느끼는 골칫거리다. 강남지역 목욕탕의 경우 더더욱 그렇다. 값비싼 물건을 가지고 다니는 이용자가 많아서다. 특히 저 전갈 문신 조폭은 칠칠치 못한 성격 탓에 자주 물건을 잃어 버린다. 그럴 때마다 그는 직원들을 닦달해댄다.

"존나 열받네. 물건이 없어졌으면 찾아놔야제. 니들이 갖다 쓰는 거 아녀!"

전갈 문신의 목소리 끝이 갈라졌다. 목욕탕 내 상주 직원은 나, 서방준, 이발사 김 씨 아저씨, 구두닦이 조 씨 아저씨 그리고 세신(때밀이) 양 씨 아저씨 5명이다. 이 중 정직원은 나와 서방준 둘이고, 이발사·구두닦이·세신은 보증금 내고 자기사업을 하는 사람들이다. 도난 사고가 날 때마다 서로를 의심하지만, 물증은 없다. 그저 답답할 뿐이다. 따져 보면 직원들만 몰아댈 수도 없다. 목욕탕에 오는 회원들도 똑같이 용의선상에 놓아야 하기 때문이다.

전갈 문신은 계속 씩씩거리며 흥분을 감추지 못했다. 그나마 다행인 건 그가 서방준을 향해 화를 쏟아내고 있다는 점이다. 조폭 앞에서 쩔쩔매는 서방준을 보자 괜스레 웃음이 나왔다. 나는 걸레질을 마친 뒤 퇴근을 서둘렀다. 옆에 있다간 나까지 휘말릴 수 있어서였다.

*

퇴근카드를 찍고 스포츠센터 밖으로 나왔다. 햇빛이 연하다. 늦가을이라 해가 길지 않다. 은은한 햇살 아래로 활기찬 강남 거리가 펼쳐진다. 하이힐을 신은 멋쟁이 여자들이 보도블록을 활보 중이다. 데이트 중인 푸릇푸릇한 남녀가 길거리에서 스스럼없이 입을 맞춘다. 그들이 부럽다. 최근 들어 나는 삶의 여유를 잃어 버렸다. 목욕탕으로 전직 발령 받은 이후 더더욱 그렇게 되었다.

'일찍 퇴근한 김에 산책 좀 해 볼까?'

잠깐 생각했다. 하지만 이내 고개를 저었다. '내가 지금 그럴 여유가 있나'라는 자조 때문이다. 쓸쓸한 표정을 지으며 지하철역 쪽으로 발걸음을 옮기려는데,

"벌써 퇴근해요?"

누군가 뒤에서 말을 걸었다. 고개를 돌려보니 공치호 코치가 서 있었다. 그는 스포츠센터의 피트니스 트레이너다. 편의상 다들 그를 '공 코치'라고 부른다.

"아, 공 코치님. 저 오늘 새벽조 근무였거든요. 그래서 일찍 퇴근했어요."

내 설명에 공 코치는 "아, 그래요?"라고 말하며 밝게 웃었다. 그는 요기하러 편의점에 가는 길이라고 했다. 본사 회의에 참석하고 오느라 아직 점심을 못 먹어 힘이 하나도 없다고 했다. 너스레를 떨며 미소 짓는 그의 입 안에 박힌 고른 이가 하얗다.

공 코치는 스포츠센터 직원 중 유일하게 내게 친절한

사람이다. 내가 본사에서 근무하던 시절엔 기껏해야 한 달에 한두 번 마주치던 사이였다. 본사 건물에 가끔 들어오는 그와 눈인사나 하는 게 다였는데 지금은 절친한 사이가 되었다. 그는 내가 유일하게 마음을 터놓는 사람이기도 하다. 목욕탕에 발령받은 직후 나는 모든 사람을 경계했다. 공 코치도 예외는 아니었다. 그렇게 경계함에도 그는 미소를 잃지 않고 다가왔다. 공 코치는 내게 과거 기억도 털어놓았다. 대전의 모 스포츠센터에서 일할 때 부당한 대우를 받고 골머리를 앓은 적이 있다고 했다. 나는 스스럼없이 속을 터놓는 그에게 친근감을 느꼈다. 우린 나이도 비슷했다. 무엇보다, 그는 나에게 깍듯했다.

"강 선생님, 편의점에 함께 가요. 가서 커피라도 마셔요."

나에게 꼬박꼬박 '선생님'이라는 호칭을 붙인다. 제품 디자이너였을 때 부르던 호칭을 그대로 유지하는 것이다. 당시 외부 직원들은 디자이너인 나를 선생님이라고 불렀다. 하지만 지금은 '강기웅 씨' 또는 '강 씨' 그것도 아니면 그냥 '저기요'라고 부른다. 하지만 공 코치는 변함없이 나를 '강 선생님'이라고 부른다. 선생님이란 호칭을 들을 때마다 민망하지만, 그래도 예의 바른 그가 고맙다.

함께 인근 편의점으로 향했다. 공 코치는 식음료 코너에서 우유와 김밥을 꺼냈다. 나는 캔커피를 골랐다. 우리는 편의점 내 마련된 간이 테이블에 마주앉았다. 공 코치는 포장을 벗겨 낸 후 김밥 두 개를 한꺼번에 베어 물었다. 배가 고팠던 모양이다. 김밥 크기가 만만치 않아 그의 입이 한껏 부풀어 올랐다. 공 코치는 꾸역꾸역 음식물을 목 안으로 넘긴 뒤 나를 쳐다보았다.

"저기요, 강 선생님."

"네?"

"구제신청은 잘 진행되고 있나요?"

공 코치의 질문에 나는 캔커피를 빙빙 돌리며 대답할 말을 정리했다.

'구제신청이라….'

그렇디. 나는 회사를 상내도 '부낭전직 구제신청'을 제기한 상태다. 목욕탕 청소부로 일하라는 회사의 명령이 부당하다고 느낀 나는 노무사를 선임하고 서울지방노동위원회에 구제신청을 했다. 공 코치는 이에 대한 진행 상황을 물은 것이었다.

"쉽지는 않죠?"

공 코치가 다시 물었다.

"쉽지는 않지만, 지금 뭐… 거의 다 준비했어요. 구제신청 필요서류도 다 제출했고 출석조사도 끝났어요. 이제 가장 중요한 심판회의만 남아 있어요."

내 말에 공 코치가 진지한 표정을 지었다.

"심판회의라면?"

"지방노동위원회에서 실시하는 재판 같은 거예요. 공익위원들 앞에 출석해 근로자는 근로자대로 회사는 회사대로 자신의 입장을 밝히고 판정을 받는 거죠."

"그렇구나. 그럼 거기서 이기면 제품디자이너로 복직하는 건가요?"

"특별한 사정이 없는 한 그리되겠죠."

"아, 심판회의가 정말 중요하구나…."

공 코치가 혼잣말하듯 말했다. 그는 나의 투쟁 과정에 관심이 많았다. 자신도 옛 직장에서 싸움을 벌였던 경험이 있어서인 듯했다.

"강 선생님, 그럼 심판회의는 언제쯤 열리나요?"

"사흘 뒤예요."

"헉, 코앞이네요?"

공 코치가 놀란 얼굴로 물었다. 맞다. 운명의 날이 며칠 남지 않았다.

내가 제품디자인실에서 밀려난 건 사장 아들과 사위의 파워게임 탓이었다. P사는 한국의 많은 기업이 그렇듯 족벌경영 체제였다. P사 한명구 사장의 외아들 한창희는 스물여덟에 회사에 입사해 서른다섯이 된 올해 전무가 되었다. 그러나 한창희는 한량이었다. 회사에 있는 것보다 농땡이 부리며 놀러 다니는 시간이 더 많았다.

아들에게 실망한 사장은 '창희를 견제하라'며 사위 정관철을 기획총괄팀장으로 앉혔다. 그리고 기획총괄팀장을 전무급으로 승격시켰다. 물론 아들 한창희에게 더 많은 권한이 있었지만 사위 정관철 또한 기획책임자로서 만만치 않은 영향력을 가지게 되었다. 디자인팀이 속한 개발부와 회사의 얼굴마담 격인 홍보부 또한 사위의 직속 휘하에 놓였다.

위기감을 느낀 한창희는 부랴부랴 대책 마련에 나섰다. 정관철의 영향력이 더 커지기 전에 홍보부와 개발부에 자기 사람을 심어 놓았다. 먼저 홍보부엔 자신의 대학 친구를 배치했다. 그곳엔 어차피 인력 보강이 필요했기에 별다른 뒷말이 없었다. 하지만 개발부 디자인실에 자신의 내연녀 명희진을 끌어들인 게 화근이었다. 명희진의 디자인 감각은 정말로 형편없었다. 파슨스 디자인스쿨을 다녔다는 그녀의 이력은 누가 봐도 거짓이었다. 나도 디자인 감각이 뛰어난 편은 아니다. 명희진은 그런 나보다도 한 수 아래였다. 여하간 명희진의 등장으로 디자인실에 잉여 인력이 생겨 버렸다. 이에 따라 누군가 희생양이 되어야 했는데, 그게 나였다.

나에게 권고사직을 강요한 이는 한창희의 오른팔 이정구 관리본부장이었다. 마흔일곱 살인 이 본부장은 한참 어린 한창희를 큰형님 모시듯 모셨다. 그러면서도 부하 직원은 하인 취급하는 망종이었다. 그가 한창희 대신 총대를 메고 나를 압박했다. 나는 권고사직을 받아들일 수가 없었다. 아무 잘못도 없는 내가 왜 회사를 그만두어야 하는지 답답했다. 더 기가 막힌 건 P사의 권고사직 조건이었다. 일반적으로 권고사직을 제안할 땐 그에 합당한 위로금을 제시한다. 그게 상식이다. P사는 위로금에 대해 일언반구도 없었다. 그냥 '나가라'고만 했다.

내가 사직을 거부하자 회사 측은 해고 카드를 빼 들었다. '스스로 걸어나갈 기회를 거부한다면 강제로 잘라 버리는 수밖에 없다'고 했다. 웃기지도 않았다. 회사는 노동자를 마음에 안 들면 갖다 버리는 부속품 정도로 생각하는 듯했다. 하지만 노동자에게 직장은 생계를 유지하는 생명줄이다. 해고하려면 합당한 사유가 있어야 한다. 공금을 빼돌렸다든지 직장 내 성희롱을 일삼았다든지 지각·결근을 밥 먹듯 해서 근무 분위기를 해쳤다든지 등의 사유 말이다. 나는 그 어떤 경우에도 해당하지 않았다. 나는 '해고 사유를 설명해 보라'고 맞섰다. 당황한 회사 측은 그제야 노동법 근거를 찾아보았다. 근거가 있을 리 없었다. 중건기업으로 성장한 P사였지만 노동자 관리는 그 야말로 주먹구구식이었다.

며칠 뒤 회사 측은 또 다른 합의안을 내놓았다. '한 달 치 급여를 위로금으로 줄 테니 나가라'는 것이었다. 쓴웃음이 나왔다. 회사는 정말 인색했다. 나는 전문직 종사자였다. 근무 연수도 3년 이상이었다. 이런 조건이라면 최소 6개월 치 급여 정도는 위로금으로 받아야 한다는 게 내 생각이었다. 대기업의 경우 권고사직 명예 퇴직자들에게 수천만 원에서 억대의 위로금을 지급하기도 한다. 물론 내가 그 정도의 위로금을 바란 건 아니었다. 하지만 위로금으로 한 달 치 급여는 너무 박하다는 생각이었다. 또한 P사의 코스나는 내기업 M사와 업부 제휴를 앞두고 있는 상황이었다. 이런 마당에 아무 잘못도 없이 쫓겨날 순 없었다. 대기업과의 협약이 성사되고 본격적으로 제휴가 이뤄진다면 내가 디자인한 제품들은 보다 광범위하게 소비자에게 다가갈 수 있었다. 그런데 밑도 끝도 없이 나가라니, 기회가 너무 아까웠다. 그런 걸 다 차치하더라도 나는 제품디자인 일을 그만두고 싶지 않았다. 나는 내 일을 사랑했다. 계속 디자인 업무를 하고 싶었다.

그렇게 나와 회사 간 협상은 평행선을 달렸다. 그러자 회사 측은 '위로금을 좀 더 책정해 보겠다'며 한발 물러섰다. 나도 실랑이에 많이 지친 상태였다. 회사 측이 적정한 위로금만 지급한다면 '먹고 떨어질' 생각까지 했다. 얼마 뒤 기절초풍할 소식이 들려왔다. 회사 측은 위로금 얘긴 없던 것으로 한 채 나를 P사 계열 스포츠센터 목욕탕 청소원으로 발령 내 버렸다. 보복성 인사를 단행한 것이었다. 그곳에선 못 버티겠지? 이렇게 생각했을 것이다. 질 수 없었다. 나는 이에 대응하기 위해 부당전직 구제신청을 제기했다. 그리고 심판회의를 앞두고 있다.

"그럼, 심판회의 후 판정은 언제쯤 떨어지나요?"

공 코치가 남은 김밥을 입에 털어 넣으며 물었다. 나는 캔커피를 들려다 말고 다시 입을 열었다.

"심판회의 마감 후 한두 시간 내로 판정이 난다고 해요."

"정말요?"

"네, 문자로 통보해 준대요."

"와, 정말 빠르네요."

"네, 속전속결이죠."

"만약 구제신청이 받아들여지면 강 선생님은 곧바로 스포츠센터를 떠날 수도 있겠네요?"

"뭐, 그럴 수도 있겠죠."

나는 씨익 웃으며 답변했다. 내 말을 들은 공 코치가

"강 선생님 떠나면 섭섭해서 어쩌죠"라고 말했다. 농담조였지만 말이라도 그렇게 해 주는 그가 참 고마웠다. 만약 부당전직에서 구제돼 스포츠센터를 떠난다고 해도 공 코치와는 좋은 관계를 유지할 생각이다.

　김밥을 다 먹은 공 코치가 포장 비닐과 빈 우유갑을 들고 일어섰다. 나도 남은 캔커피를 들고 자리에서 일어섰다.

*

　상노봉 원룸으로 돌아왔다. 오후 5시가 조금 넘었다. 꽤 오랜만에 해가 지기 전의 방 풍경을 본다. 하지만 햇볕을 통해 보이는 6평짜리 원룸은 왠지 낯설다. 지저분하기도 하다. 새벽에 출근하느라 이불도 못 갰다. 어제 먹던 과자 부스러기도 여기저기 흩어져 있다.

　'청소 좀 할까?'

　그런데 귀찮다. 새벽부터 목욕탕에서 청소만 해댔다. 집에서까지 그러고 싶진 않다. 일찍부터 일을 많이 해서인지 배도 고프다. 나는 냉장고에서 시어 꼬부라진 김치와 돼지고기를 꺼냈다. 그것들을 냄비에 넣은 뒤 가스레

인지에 불을 붙였다. 얼마 후 보골보골 내용물이 끓었다. 그렇게 완성한 김치찌개를 작은 상 위에 올려놓았다. 옆에는 전자레인지로 데운 햇반도 놓았다. 그렇게 조촐한 저녁상이 차려졌다.

'이제 먹어 볼까나.'

나는 수저를 들었다. 그런데 뭔가 허전하다. 알싸한 알코올이 빠졌다. 다시 냉장고 문을 열었다. 냉장실 서랍 안에 소주가 있었다. 그저께 마시다 휴지로 막아 놓은 반병짜리 소주다. 소주잔을 챙긴 후 다시 상 앞에 앉았다. 음식을 먹기 전 차갑게 식은 소주부터 쭈욱 들이켰다. 커어! 아저씨 같은 감탄사가 터져 나왔다. 이어 김치찌개를 떠먹으며 소주의 쓴맛을 감싸 안았다.

그렇게 소주병이 바닥을 드러낼 무렵이었다. 갑자기 내 모습이 궁상맞다는 느낌이 몰려왔다. 작은 상 앞에서 홀로 소주 마시며 저녁을 때우는 모습이 왠지 처량했다. 최근 들어 반주 없인 밥을 먹지 못한다. 반찬도 신경 안 쓴 지 오래다. 왜 이리 초라해진 걸까. 요즘은 뭐든 부정적으로 생각하게 되고 위축도 된다. 제품디자이너로 일할 땐 당당했었는데.

부당전직 구제신청에 대해서도 자신감이 점점 떨어진다. 지방노동위원회에 서류를 접수할 때만 해도 자신이 있었다. 내가 무조건 이기고 복직할 것으로 생각했다. 시간이 갈수록 불안감이 찾아왔다. 회사가 서방준을 앞세워 강하게 압박할수록 점차 내 마음도 쪼그라들었다. 현실도 생각해야 했다. 구제신청이 기각되었을 경우를 대비해야 한다. 그러나 현재의 나를 생각하면 골치부터 아팠다. 내 나이 벌써 서른둘이다. 다른 회사에 신입으로 들어가기도 경력으로 들어가기도 모호한 나이가 돼 버렸다. 그렇다고 계속 목욕탕 청소나 하면서 살 수도 없고….

갑자기 밥맛이 뚝 떨어졌다. 나는 상을 뒤로 물린 뒤 노트북을 켰다. 노트북 귀퉁이에 초록색 USB가 꽂혀 있었다. USB를 열자 두 개의 파일이 나왔다. 하나는 스포츠 소끼 디자인 모음이고 다른 하나는 여행용 가방 디자인 모음이다. P사에서 개최한 '코스나 디자인 공모전'에 지원한 파일들을 모아 놓은 것이다.

작년 말 P사는 코스나의 브랜드 가치를 높인다는 명분으로 뜬금없이 디자인 공모전을 개최했다. 디자인 부문은 스포츠 조끼와 여행용 가방이었다. 스포츠 조끼는 코스나 브랜드와 연관성이 있었으나 여행용 가방은 새로운 콘셉트였다. 디자인 영역을 넓혀 보겠다는 야심을 공모전에 담은 것이었다. 지명도 있는 공모전이 아니었음에도 많은 지원자가 몰렸다. 당선 상금이 700만 원으로 적

지 않았고, 지원자가 원할 경우 P사에 특채하겠다는 조건
도 내걸었기 때문이었다. 1차 심사는 일반 디자이너들이
담당했다. 이에 따라 나도 심사에 참여했다. 그때 심사하
며 봤던 파일들을 초록색 USB에 따로 모아 놓았다. 본심
에 오른 참가자 명단도 함께 모아 놓았다.

장선미
백예나
성우민
전미소
신솔희

스포츠 조끼보다는 여행용 가방 쪽에 좋은 디자인이
몰렸다. 특히 신솔희 지원자의 '하마 물방울 가방'은 꽤
독특했다. 가방 전체를 아기 하마 모양으로 구성했고 지
퍼 고리는 물방울 모양으로 꾸몄다. 상당히 매력적인 디
자인이었다. 시판된다면 나부터 사고 싶을 정도였다.

디자인 응모작들을 틈틈이 톺아보며 마음을 달래는 게
요즘의 내 취미다. 출품작들을 살피다 보면 디자인실에
서 열정적으로 일하던 예전의 내 모습이 떠오르곤 했다.

*

    이틀 후 다시 목욕탕. 나는 대걸레를 들고 라커룸 바닥에 튄 물기를 닦아냈다. 욕탕 내 온도를 체크하고, 정수기 물을 갈고, 로션과 스킨을 점검했다. 드라이기를 제자리에 놓고 주변에 있는 수건들도 치웠다. 오늘따라 수건들이 산만하게 흩어져 있다. 홀 바닥에도 떨어져 있고 라커 위에도 있고 정수기 위에도 있다. 짜증나지만 수건 회수를 게을리할 순 없다. 여기저기 놓인 수건은 목욕탕의 미관을 해쳐서다. 수건을 거의 다 회수한 후 휴게실 쪽 나무의자 앞에 섰다. 그곳에 마지막 수건이 있었다. 그런데 만지기가 꺼림칙하다. 그 수건은, 한 50대 회원이 자신의 항문을 박박 닦아낸 뒤 나무의자 위에 던져 놓은 것이기 때문이다. 내 두 눈으로 분명히 목격했다.

    세상엔 별의별 사람이 다 있다. 목욕탕 이용 회원들의 모습도 참으로 가지가지다. 스포츠센터에 오자마자 목욕부터 하고 운동하러 가는 사람도 있고(그는 드라이기로 장시간 머리를 손질한 후에야 운동을 하러 가는데, 드라이질 후 꼭 모자를 쓴다. 그럴거면 왜 드라이질을…), 목욕탕에 비치된 로션을 온몸에 도배질하듯 바르는 회원도 있고(그는 얼굴만큼은 자신의 외제

로션을 바른다), 드라이기로 자신의 고추 털을 말리는 회원도 있다(그는 드라이기로 머리는 말리지 않는다).

그중에서도 엽기는, 목욕 후 수건으로 자신의 항문을 닦는 사람들이다. 벌린 두 다리 사이로 엉덩이를 뾰족 내민 뒤 뒷구멍 물기를 긁어내듯 닦는 인간들, 차마 봐 주기가 힘들다. 물론 사람마다 생활 방식이 다르기에 목욕 후 항문의 물기를 수건으로 닦아내는 걸 뭐라고 할 순 없다. 하지만 뒷구멍 닦은 수건을 들고 다니며 여기저기 흔적을 묻히는 건 정말 봐 주기가 힘들다. 닦은 수건을 얌전히 빨래 수거함에라도 넣던지.

어쨌든 그럭저럭 청소를 마쳤다. 라커룸 내부가 반짝반짝했다. 약간의 시간 여유도 생겼다.

휘유.

나는 이발실 옆 의자에 앉아 잠시 숨을 돌렸다. 그러나 역시 내게 휴식은 사치인가 보다.

"강기웅 씨!"

날 부르는 서방준의 목소리가 또렷이 들려왔다. 오른편에서 서방준이 '이리 오라'고 손가락을 까딱거리고 있었다. 그는 어제 술을 많이 마셔서인지 얼굴이 푸석푸석했다.

"거기 앉아 있지 말고 여기 와서 휴게실 바닥 좀 닦아요."

서방준은 잠시도 날 가만 놔두지 않는다. 그렇다고 자신은 열심히 일하는 것도 아니다. 술기운을 핑계로 오늘은 아예 휴게실에 자리를 틀었다. 술을 좋아하는 그이다 보니 요즘 들어 휴게실에서 비비적거리는 일이 많다. 그는 지금 구두닦이 조 씨와 내기 오목을 두고 있다.

'성질 같아선 확!'

울화가 치민다. 하지만 참아야 한다. 이곳에 내 편은 아무도 없다. 게다가 곧 심판회의가 열린다. 회사 측은 내가 사고 치기만을 바란다. 그래야 심판회의 때 회사가 유리하기 때문이다. 그러니 불필요한 트러블은 무조건 삼가야 한다.

나는 휴게실을 닦기 위해 대걸레를 잡았다. 그런데 서방준이 다시 나를 부른다.

"강기웅 씨, 잠깐만요."

"?"

"휴게실 닦는 게 급한 건 아니니까…."

"……"

"안내데스크에 내려가서 체육복 대여 개수 좀 맞춰 보고 와요."

서방준의 말을 들은 나는 입꼬리가 저절로 올라갔다.

그 일을 날 시키다니 의외다. 우리 스포츠센터는 체육복을 안 챙겨 온 회원에게 1,000원씩 받고 코스나 체육복을 대여해 준다. 주로 안내데스크에서 대여카드를 발급하지만 목욕탕에서 직접 대여하기도 한다. 그래서 일정 시간마다 안내데스크에 내려가 대여 개수를 크로스체킹 해야 한다. 보통 그 일은 서방준이 담당했다. 오늘은 내기 오목을 두느라 정신이 없어서인지 나한테 다녀오란다. 어쨌든 희소식이다. 지금은 곽유나가 안내데스크에 있을 시간이니까. 나는 좀 더 시간을 벌기 위해 잔꾀를 부려 보았다.

"속이 약간 더부룩해서 그런데요….."

"그런데?"

"안내데스크 가서 체육복 개수 맞춘 다음 화장실에서 볼일 좀 보고 와도 될까요?"

"그러든지 말든지!"

서방준이 퉁명스럽게 말했다. 오목 둬야 하니 귀찮게 말 걸지 말라는 투였다. 오목 둘 때만큼은 서방준도 약간의 빈틈이 있다. 그는 구두닦이 조 씨와 판당 500원짜리 오목을 자주 둔다. 이기고 지고를 반복하기에 다 두고 나면 1,000~2,000원 정도 따고 잃는 게 보통이다. 서방준은 500원이라도 손해를 볼 경우 얼굴빛이 달라진다.

나는 재빨리 대여카드를 챙겼다. 개수를 확인해 보니 모두 7개다. 대여카드를 집어 들고 밖으로 나왔다. 안내데스크로 내려가기 전, 거울에서 얼굴을 정비했다. 머리는 흐트러지지 않았는지, 코에 뭐가 묻지는 않았는지, 이빨에 고춧가루는 안 끼었는지…. 괜스레 눈웃음이 퍼진다. 짜증나는 목욕탕 일을 그나마 견딜 수 있는 건 가끔이라도 곽유나를 볼 수 있기 때문이다.

나는 설레는 마음을 애써 다독이며 1층으로 향했다. 로비를 지나니 안내데스크가 보인다. 그런데 이런, 안내데스크에 곽유나가 아닌 정서희가 서 있었다.

'교대 시간이 바뀌었나?'

폐에서 바람이 빠져나가는 느낌이 들었다. 정서희는 내 스타일도 아닌 데다 무뚝뚝하기까지 한 여자다. 나는 잠시 멍하니 서 있었다. 하지만 어쩔 수 없었다. 그냥 정서희에게 대여카드를 건네는 수밖에. 나는 정서희가 서 있는 안내데스크 쪽으로 터벅터벅 걸어갔다. 정서희의 무표정한 얼굴이 점차 가까워졌다.

'안 돼!'

나는 다시 걸음을 멈췄다. 이대로 정서희에게 카드를 반납해 버리면 언제 다시 곽유나를 볼 수 있을지 장담할 수가 없다. 발걸음을 돌리기로 했다. 좀 더 기다려 보기로 했다. 그나마 다행인 건 '화장실에 들렀다 오겠다'고 미리 서방준에게 양해를 구해 놓았다는 점이다.

마냥 안내데스크 주변을 서성일 순 없었다. 시간 보낼 곳을 찾아야 했다. 역시 만만한 곳은 화장실이다. 나는 3층 화장실로 향했다. 그곳은 널찍하고 깨끗한 편이다. 굳이 화장실에 볼일이 있는 건 아니었으나 맘 편히 시간 보내기엔 거기가 적합할 듯했다. 그곳에서 시간을 보내다 다시 내려왔을 때도 곽유나가 없다면 그냥 정서희에게 카드를 넘기기로 마음먹었다.

3층에 오르니 정면에 스포츠센터 관리사무실이 보인다. 재빨리 지나쳤다. 관리사무실 직원들도 나한테 쌀쌀맞긴 매한가지다. 굳이 그들과 얼굴을 마주치고 싶지 않았다. 나는 잰걸음으로 비상계단 옆에 있는 화장실에 들어갔다. 이용자는 아무도 없었다. 오른편 구석에 있는 칸막이로 들어갔다. 문을 잠근 후 변기 뚜껑을 닫았다. 간이 의자로 활용하기 위해서였다. 그리고 뚜껑 위에 앉아 옆에 놓인 잡지를 펼쳐 들려는데,

띠리리리링!

휴대폰이 울렸다. 화면을 보니 모르는 번호다. 받을까 말까 잠시 고민했다. 보험 가입이나 대출 안내 전화일 수도 있어서였다. 그래도 누구인지는 확인해 보기로 했다.

나는 꾸욱, 통화 버튼을 눌렀다.

"기웅이냐! 오랜만이다."

수화기 너머로 내 이름 부르는 소리가 크게 들려왔다. 누구지? 나는 머리를 갸웃거렸다.

"너, 내 목소리 잊어 버렸냐? 나, 석규다."

석규? 나는 또다시 머리를 갸웃거렸다. 석규라면…. 아, 맞다. 1년 전 고교동창 모임 때 재회했던 동기다. 2학년 때 같은 반이었지만 그다지 친하게 지내지 않아 얼굴 정도만 기억하는 친구였다. 그런데 어떻게 내 번호를 알았을까.

"네 번호야 동창 회원 목록에 나와 있잖냐."

하긴 그렇다. 용기 넌락처는 동창 명부 뒤직어 일이내는 게 최고다. 그나저나 녀석은 무슨 일로 내게 전화한 걸까.

"이번에 룸살롱 개업했거든. 한번 놀러 오라고."

"룸살롱?"

"응, 송파구 쪽에 열었다. 개업 인사차 동창들한테 전화 돌리고 있어."

"그, 그래, 그렇구나."

"한번 들러. 우리 대단한 디자이너님께서 친구 한번 도와줘야 하지 않겠니."

'대단한 디자이너'라는 석규의 호칭에 나는 말문이 막혔다. 하기야 1년 전 동창회에 참석했을 때만 해도 나는 제품디자이너였다. 그러니 석규가 그리 부르는 것도 무리는 아니었다. 현재는 목욕탕 청소 일을 하고 있다. 이 사실을 알면 동기들은 뭐라고 수군댈까. 아무튼 인생은 모른다. 나도 나지만 석규를 보면 실감한다. 고교 시절 샌님이었던 녀석이 룸살롱 사장이 되다니. 동창 모임 때 석규는 나이트클럽에서 지배인을 한다고 말했었다. 그때도 적잖이 놀랐었다. 이제 그는 술집을 인수해 사장이 되었다. 다시금 말하지만 인생은 모른다.

한동안 석규와 영양가 없는 대화를 주고받았다. 이제 대화를 마무리 지어야 한다.

"그래 석규야, 시간 나면 한번 놀러 갈게. 많이 팔아라."

정답이다. 시간 나면 어쩌고저쩌고…. 개업 인사차 연락 온 친구에게 이 이상의 끝인사는 없을 게다. '아가씨들이 쌈쌈하니 꼭 놀러 오라'는 석규의 수준 떨어지는 말을 마지막으로 우리의 통화는 끝이 났다.

시간이 어느 정도 흐른 듯하다. 나는 휴대폰을 뒷주머니에 찔러 넣은 후 화장실에서 빠져나왔다. 관리사무실을 지나친 뒤 다시 안내데스크를 향해 걸었다. 느리지도 빠르지도 않은 걸음으로 계단을 내려가니 1층 로비가 펼

처진다.

'이번엔 있어야 할 텐데… 이번엔… 이번엔….'

안내데스크 쪽을 바라보던 나는 속으로 앗싸! 환호성을 질렀다. 계산이 맞아떨어졌다. 곽유나가 자리에 있었다. 나는 들고 있던 체육복 대여카드를 만지작거리며 안내데스크 쪽으로 걸어갔다.

그런데 앞에 불청객이 있었다. 데스크 앞에 40대로 보이는 남자 손님이 곽유나와 뭔가 얘기 중이었다. 귀를 기울여 보니 별 내용은 아니었다. 남자는 6개월 정기 회원제와 1년 정기 회원제의 월별 가격차에 대해 문의하고 있었다. 곧 대화가 끝날 듯했다. 나는 남자 손님 뒤에 서서 차례를 기다렸다. 2분 뒤, 문의를 끝낸 손님이 가방을 챙겨 들었다. 이제 가려나? 나는 체육복 대여카드를 주머니에서 꺼냈다. 하지만 손님의 질문은 아직 끝나지 않았다.

"저기 말이야. 아가씨는 애인 있나?"

손님이 느끼한 말투로 곽유나에게 물었다. 나도 남자지만, 하여간 남자들이란…. 가방 지퍼 고리에 아이들 사진이 달려 있는 거로 봐서 분명 처자식이 있는 사람이다. 그런데도 젊은 곽유나에게 찝쩍거리고 있었다. 짜증이 났지만 일단 잠자코 있었다. 한편으로는 나도 궁금했던 사항이기에 잠자코 곽유나의 답변을 기다렸다.

"아니요, 없어요."

곽유나가 머리를 저었다. 대답을 들은 손님이 씨익 미소를 지었다. 엿들은 나 또한 속으로 쾌재를 부르며 주먹을 불끈 쥐었다. 물론 곽유나가 솔로라고 해서 당장 나랑 엮일 수 있는 건 아니었다. 그래도 남자친구가 있는 것보다야….

이제 손님이 가주었으면 좋겠다. 그런데 그는 곽유나에게 계속 추파를 던지고 싶어 했다. 혹시 내가 뒤에 서 있는 걸 모르는 걸까. 나는 "흠흠" 소리를 내며 뒤에 사람이 있음을 알렸다. 손님이 고개를 돌렸다. 나와 눈이 마주치자 멋쩍은 표정을 지으며 가방을 챙겨 들었다. 그러고는 곽유나에게 "그럼 또 봅시다"라고 인사한 뒤 계단 쪽으로 향했다. 또 보긴 뭘 또 봐. 아이들이나 잘 챙기시지!

이제 곽유나와 나, 이렇게 둘만 남았다. 나는 곽유나 앞으로 가까이 다가갔다. 그녀에게서 풍기는 은은한 에센스 향이 코끝을 간지럽혔다. 그녀는 나를 보며 '무슨 일?'이냐는 표정을 지었다.

"체육복 대여카드 가지고 왔거든요."

내 말에 곽유나는 "아, 그러세요"라고 대답한 후 테이블 아래에 놓인 대여카드를 뒤적이기 시작했다. 고개를 숙이며 카드를 세는 그녀의 모습, 그러면서 언뜻언뜻 드러나는 쇄골의 복점, 나는 잠시 정신이 아득해졌다. 카드를 모두 센 그녀가 고개를 들었다.

"우리는 모두 19개가 나갔네요. 몇 개 가져오셨어요?"

"7개 가져왔어요."

나는 곽유나에게 카드를 내밀었다. 카드를 받는 그녀의 손끝이 내 손등을 살짝 스쳐갔다. 찌릿한 느낌이 온몸으로 퍼졌다. 우리는 잠시 눈이 마주쳤다. 내 볼이 살짝 떨렸다. 그녀도 엷은 미소를 지었다. 지금이 기회였다. 무슨 말이든 대화를 잇는다면 그녀와 좀 더 가까운 사이가 될 것 같았다. 나는 '어떤 주제로 대화를 이어갈까?' 머리를 굴려보았다.

그린데 그때였다. 뒤에서 귀를 찢는 듯한 고함이 날아왔다.

"이봐! 대체 여기서 뭐 하는 거요!"

나는 화들짝 놀라 뒤를 돌아보았다. 서방준이 내려와 있었다. 그가 씩씩거리며 내 뒤에 서 있었다.

"체육복 카드 갖다 줬으면 빨리빨리 올라올 것이지, 왜 여기서 꾸물거리고 있느냐고!"

화가 난 서방준은 아예 반말투로 말했다. 당황한 나는 제대로 대답할 수가 없었다. 버벅거리며 "저, 저기. 다른 볼일이 좀 이, 있어서요"라고 둘러댔다. 그러나 이 말이

뇌관이었다.

"다른 볼일? 아, 화장실!"

서방준이 비아냥거리듯 말했다. 나는 얼굴이 붉게 달아올랐다.

"근데 똥을 만들어서 싸고 왔어? 뭐 이렇게 오래 걸려!"

또… 똥이라니…. 만들어 싸다니…. 서방준은 잔인했다. 곽유나 앞에서 내 체면은 그야말로 묵사발이 났다. 심판회의를 앞두고 있건 뭐건 간에 저 개자식의 목을 비틀어 버리고 싶었다. 하지만, 하지만… 어떻게 여기까지 왔는데…. 나는 눈을 질끈 감았다. 여기서 사고를 칠 순 없었다. 냉정히 보면 내가 농땡이 부린 것도 사실이었다. 나는 달귀진 얼굴로 곽유나의 표정을 살펴보았다. 그녀는 오히려 자신이 무안한지 시선을 옆으로 돌리며 딴청을 피웠다.

2장

비누칠하기

서방준은 나보다 두 살 아래다. 그는 공익 근무 요원으로 병역을 마친 후 아르바이트생으로 이곳 스포츠센터에 들어왔다. 초반엔 성실했던 모양이다. 아르바이트 생활 2년 만에 정직원이 됐으니 말이다. 아르바이트 시절부터 따지면 그의 근무 경력은 6년이었다.

　서방준은 스포츠센터 내 목욕탕을 전반적으로 관리했다. 이에 따라 한 달에 두어 번씩 본사 관리부에 와서 목욕 물품 내역 등을 보고하고 갔다. 서방준에 대한 첫인상은 꽤 괜찮았다. 그는 본사에서 볼일을 마친 후 사무실을 돌며 직원들에게 일일이 인사를 하곤 했다. 디자인실에도 곧잘 들렀다. 그는 제품디자이너를 꽤 존중해 주었다.

예의 발랐으며 디자이너에게 깍듯이 '선생님' 또는 '디자이너님'이라는 호칭을 썼다. 나에게도 무척 공손했다. 목욕탕으로 발령받았을 때, 자존심은 상했지만 한편으론 마음이 놓이기도 했다. 내게 친절하던 서방준 때문이었다.

함께 일하게 되자 상황은 급변했다. 서방준은 기다렸다는 듯 나를 구박하기 시작했다. 물론 괴롭히라는 회사 측의 지시가 있었을 거다. 그걸 감안하더라도 그의 구박은 지나친 면이 있었다. 내가 목욕탕으로 발령받자마자 서방준은 갑자기 근무 연수를 들먹이며 선배 대접을 요구했다. 나를 부르던 호칭도 '강 디자이너님'에서 '강기웅 씨'로 바뀌었다. 요즘은 그냥 '강 씨' 또는 '어이'라고 부른다. 나이 많은 내게 그나마 존댓말을 하고는 있지만 처음 들어 말끝도 점점 짧아진다. 추론이지만 그가 나를 미워하는 이유는 크게 세 가지다.

첫째, 내가 그보다 월급을 많이 받기 때문이다. 목욕탕에 오기 전까지 나는 코스나의 제품디자이너로서 꽤 괜찮은 급여를 받았다. 서방준은 오래 근무하긴 했지만, 고졸 직원이고 업무 차이로 인해 나보다 급여가 적었다. 나는 부당전직으로 목욕탕 일을 하고는 있으나 디자이너 때와 같은 월급을 받고 같은 시간만큼만 일한다. 전직을 핑계로 월급을 삭감하거나 근무 시간을 늘리는 건 노동

법에 저촉되기 때문이다. 목욕탕 발령 후 첫 급여 명세서가 나왔다. 서방준은 자신보다 많은 내 월급을 확인한 후 얼굴을 일그러뜨렸다.

둘째, 내가 목욕탕에 오면서 아르바이트생 두 명이 갑작스레 잘렸기 때문이다. 월급 많은 나를 목욕탕에 배치한 후 회사는 경비 절감 차원에서 기존 아르바이트생 두 명을 집으로 보내 버렸다. 그로 인해 서방준의 근무 시간이 상대적으로 늘어났다. 잘린 아르바이트생 중 한 명은 서방준의 동네 후배이기도 했다. 그러니 그의 눈에 내가 밉살맞게 보이는 것도 무리는 아니었다. 하지만 나 또한 원해서 목욕탕 일을 하는 건 아닌지라….

셋째, 자신보다 나이도 많고 고급 직군에 있던 나를 함부로 대하면서 그는 카타르시스를 느끼는 듯했다 — 이건 전적으로 나의 추측이니 더 설명하지 않으려 한다.

*

퇴근 시간이다. 나는 발걸음을 서둘렀다. 오늘은 노무사 사무실에 들러 대책회의를 해야 한다. 내일 드디어 심판회의가 열려서다.

가슴이 두근거린다. 일단 퇴근카드부터 찍어야 했다. 나는 3층 관리사무실로 이동했다. 되도록 피해 다니는 사무실이지만 출퇴근 시간만큼은 어쩔 수가 없다.

사무실 안으로 들어서니 떡볶이 냄새가 강하게 났다. 직원들이 간식을 먹고 있었다. 이곳 사무실에는 모두 여섯 명의 사무 직원이 상주 중이다. 센터를 책임지고 있는 관리이사, 업무를 총괄하는 운영부장, 센터 고객을 관리하는 두 명의 과장, 그리고 경리 및 전화 업무를 담당하는 일반직 여직원 두 명이다. 이들의 공통점은 나를 소 닭 보듯 한다는 거다. 업무를 보다가도 내가 들어서면 냉소 어린 시선으로 쏘아본다. 관리이사는 가끔 내게 말을 길기도 한다. '다른 곳 일이보지 왜 ㅆㅓ 고생히느냐'는 훈계조의 잔소리가 대부분이다. 관리이사야 그럴 수 있다고 치자. 일반 직원들은 대체 왜 나를 냉대하는지 모르겠다. 회사의 폭압에 시달리는 직원이 있으면 같은 직원끼리 감싸고 위로해 줘야 하는 것 아닌가. 물론 곰곰이 생각해 보면 이해가 안 가는 것은 아니다. 그들에게는 회사와 싸우고 있는 나란 존재가 부담스러울 수 있다. 나한테 잘 해줬다간 회사로부터 불이익을 받을 수도 있고.

나는 직원들의 시선을 피하며 출퇴근 펀칭 기계 쪽으로 향했다. 그러고는 묵묵히 퇴근카드를 찍고 밖으로 나왔다.

휴우.

괜스레 한숨이 나왔다. 심판회의를 앞두고 있어서일까. 종일 긴장 상태다. 나는 복도 끝 계단에 걸터앉아 휴대폰을 켰다. 노무사의 번호를 찾기 위해 주소록을 뒤적였다. 사무실에 방문하기 전 추가로 준비할 서류가 있는지 통화하기 위해서다. 웬만한 건 이미 노동위원회에 다 제출한 상태여서 특별히 챙길 건 없을 것이다. 그래도 혹시나 하는 마음에 노무사의 전화번호를 검색했다. 노무사의 이름은 신현우. 그런데 그의 이름을 찾다가 '신솔희'라는 이름 앞에서 시선이 멈췄다. 신현우 노무사와 성이 같다 보니 동일한 페이지에 이름이 떴다.

언급했듯 신솔희는 코스나 디자인 공모전에 응모했던 지원자다. 아기 하마 모양의 여행 가방을 디자인했던…. 상당한 감각을 가진 예비 디자이너였다. 혹시 몰라 그녀의 연락처를 저장해 놓고 있다. 나는 신솔희의 번호를 보며 잠시 생각에 잠겼다. 그런 내 어깨를 누군가 콕 찔렀다.

"뭐 하세요?"

옆을 보니 공 코치가 서 있었다. 신입회원 명부를 확인하기 위해 센터 관리사무실에 올라왔다고 했다. 그러다 계단에 앉아 있는 날 발견했단다.

"회원 명부 금방 확인하고 나올 테니까 잠시만 기다리세요."

"알았어요."

나는 고개를 끄덕였다. 공 코치가 사무실로 들어갔다. 그리고 3분 만에 나왔다.

"커피나 한잔 해요."

공 코치가 내 팔을 잡아끌었다. 노무사 사무실에 가야 했기에 시간이 조금 애매했지만 공 코치의 말을 거절하기도 힘들었다. 시계를 보니 약간의 여유는 있을 것 같았다.

우리는 커피 자판기 쪽으로 이동했다. 주변은 한가했다. 공 코치는 커피를 뽑으려다 말고 "아 참, 깜빡할 뻔 했네"라고 혼잣말을 했다. 그리곤 왼팔에 끼고 있던 우편물을 내게 건넸다.

"이거 강 선생님 우편물이에요. 제가 본사에 갔다가 받아왔어요."

"네, 고마워요."

"그런데 그 사람들 또 이상한 짓을 했네요."

공 코치가 난감한 표정을 지었다. 그는 본사에 들를 때마다 내 우편물을 받아온다. 그리고 그럴 때마다 미안한 표정을 짓는다. 우편물 봉투에 난 구멍 때문이다. 목욕탕 발령 이후 내게 오는 우편물 봉투엔 항상 상처가 나 있었다. 처음엔 배달 중 찢어진 것으로 생각했다. 하지만 매번 그러다 보니 본사 사람들의 소행임을 의심하지 않을 수가 없었다. 내 우편물에 구멍을 뚫고 내용물을 확인하고 있음이 분명했다. 이에 대해 따지고 싶었지만 잡아 뗄 게 뻔하니 일단은 참고 있는 중이다. 그들은 내가 혹여 노동관련 기관이나 시민단체와 우편물을 주고받을까봐 신경을 곤두세우는 것 같다. 하지만 내게 오는 우편물은 대개 평범한 것들이다. 구독 중인 디자인 잡지 또는 카드 회사에서 보내 온 이벤트 안내장 같은 것들이 대부분이다. 어쨌든 전달자인 공 코치만 중간에서 난처한 상황이다. 나는 미안해하는 그를 향해 겨우겨우 밝은 표정을 지었다.

"전 괜찮아요. 공 코치님이 왜 미안해해요. 본사 사람들이 못난 짓을 하는 건데요."

"그래도요…."

공 코치가 말끝을 흐렸다. 나는 공 코치의 등을 두드려 준 후 주머니에서 동전을 꺼냈다. 공 코치가 그런 나를 제지했다. 그러곤 재빨리 자신의 동전을 자판기에 넣었다.

"자판기 커피 정도는 내가 사도 되는데요."

나는 작게 말했다. 그러면서도 마음 써주는 그가 새삼 고마웠다. 공 코치는 밀크커피를 나는 블랙커피를 눌렀다. 쪼로로록, 종이컵에 커피가 채워졌다. 나는 공 코치가 건네는 블랙커피를 손가락 끝으로 받았다.

"공 코치님, 고마워요."

"에이, 뭘요."

"어쨌든, 회사랑 승강이하는 것도 이제 거의 끝나 가요."

"아, 맞다. 내일 4시에 심판회의가 있다고 했죠?"

공 코치가 물었다. 나는 고개를 끄덕였다. 공 코치의 관심에 부응하기 위해서라도 나는 꼭 이기리라 다짐했다. 공 코치가 나를 향해 V자를 그려 보이며 말했다.

"물론 강 선생님이 이기리라고 봐요. 그리고 이겨야죠."

"고마워요."

"그런데…."

"네."

"미안한 질문이지만…."

"?"

"만약… 지면… 어떻게 되는 거예요?"

공 코치의 질문에 나는 대답할 말을 찾지 못했다. 졌을 경우도 대비해야 하는 게 맞기야 맞다. 하지만 별다른 대책이 없었다. 물론 상급기관인 중앙노동위원회에 재심을 청구하는 방법이 있긴 있다. 그러나 이 경우 승소 확률이 확 떨어진다. 그러니 계속 목욕탕 일을 할 게 아니라면 구제신청 기각 시엔 퇴사하는 게 차례다. 회사에서 나오면 새 직장을 찾아야 하는데 이게 또 만만치 않다. 이 나이에, 미대 출신도 아닌 내가, 제품디자이너로 다른 곳에 취직한다는 건 결코 쉬운 일이 아니어서다.

"에휴."

나는 한숨이 터졌다. 절로 나오는 탄식이었다. 그러자 공 코치가,

"자자, 기운 내요. 만약 지더라도 여기 아니면 갈 데 없겠느냐는 담대한 마음을 가지세요. 강 선생님 능력이라면 어디든 갈 데가 있을 거예요. 안 그래요?"

라고 말하며 억지로 기운을 불어넣어 주었다. 그럼에도 심판회의에 대한 부담감은 계속해서 나를 짓눌렀다.

*

공 코치가 오후 강습을 위해 피트니스장으로 내려갔다. 나는 스포츠센터 밖으로 나왔다. 하늘이 흐렸다. 뚜벅뚜벅 버스정류장으로 향했다. 정류장은 한산했다. 대기의자에 앉아 버스도착정보판(BIT)을 읽었다. 노무사 사무실로 향하는 1008번 버스가 12분 후 도착 예정이었다.

시간 여유가 약간 있었다. 복잡한 마음을 조금 진정시키기로 했다. 나는 휴대폰을 켜고 자주 가는 인터넷 카페에 접속했다.

'정당한 권리를 위하여'

카페명이다. 부당한 처우를 받았거나 받고 있는 노동자들이 모여 만든 카페다. 나는 부당전직 구제신청을 제기한 이후 이 카페에 거의 매일 방문한다. 이러저런 사연을 읽다 보면 마음이 진정되곤 했다. 원래 나는 노동운동이니 부당행위니 하는 것에 전혀 관심이 없었다. 막상 내 문제로 다가오니 적극적으로 변한 것이다.

오늘도 카페 내 '부당노동행위 고발 게시판'에는 많은 사연이 올라와 있있나. 첫 번째 사연은 보조미용사가 올린 글이었다.

전 미용실에서 일하는데요. 원장이 최저시급도 안 맞춰 줘요. 그러면서도 야근은 밥 먹듯 시키죠. 제 월급은요⋯ 놀라지 마세요. 무려 50만 원이랍니다. 원장은 이 돈을 주면서 '월급'이 아닌 '용돈'임을 강조합니다. 월급이라고 하면 최저시급 위반이 되니까요. 이런 어처구니없는 짓을 하면서도 원장은 당당해요. "미용 일은 돈 주고도 배우는데 너는 돈 받으면서 배우니까 이익이잖아" — 이럽니다. 그렇다고 제대로 가르쳐 주는 것도 아니에요. 만날 시다바리만 시켜요.

네 번째 사연으로 올라온 과일가게 점원의 글도 인상적이었다.

> 우리 사장은 '사람 구하기 힘들다'는 말을 달고 살아요. 근무 조건이요? 하루 14시간 근무에 주 6일제예요. 요즘 세상에 그런 가게가 어디 있느냐고요? 바로 여기 있습니다. 이런 근무 조건을 내걸면서 '사람 구하기 힘들다'고 노래를 부르니 원…. 그러면서도 사장은 '요즘 젊은 것들은 근성이 없어'라고 투덜거리곤 합니다. 옆에서 듣기에 황당할 뿐이죠. 저야 나중에 과일가게 차리겠다는 꿈이 있으니 울며 겨자 먹기로 버티는 거지만, 그 계획이 없었다면 진즉에 관뒀을 거예요. 하루 14시간 근무가 말이 됩니까.

사연들을 읽다 보니 다시금 마음이 답답해졌다. 고용주의 '갑질'이 도를 넘어서고 있었다. 미용실이나 과일가게뿐만이 아니었다. 이른바 '하위 직업군'에선 별의별 착취가 다 일어나고 있었다. 쉬는 날 이삿짐 나르라고 직원 호출하는 치킨집 주인도 있었고, 점심 때 직원 두 명이 찌개 2인분 시키면 '공깃밥 추가'해서 꼽사리 낀다는 옷가게 사장도 있었다. 사실 하위 직업군은 고용주나 직원이나 모두 서민층인 경우가 많다. 그런 사람들끼리 한쪽에선 노동력을 수탈하고 다른 한쪽에선 투덜대며 욕을 하고 있었다. 악순환이다. 대체 왜 그래야 하는가.

고급 직업군의 착취는 보다 뻔뻔했다. 게시판 사연에는 '열정 착취'에 관한 한탄도 쉽게 찾을 수 있었다. 국제기구나 유명 기관의 경우 인턴 직원을 모집하면서 당당히 '무급'임을 내세운다고 했다. 그러면서도 스펙은 '석사 이상' '원어민 수준 영어 실력' 'MS오피스 능통' 등을 요구한단다. 그런 악조건에도 인턴 지원자는 줄을 선단다. 유명기구에서 인턴으로 활동했다는 흔적이 이력 관리상 필요하기 때문이다.

'아, 진짜….'

탄식이 절로 나왔다. 세상살이 고되다는 걸 새삼 느낀다. 눈 크게 뜨고 내 권리를 찾지 않으면 순식간에 코가 베인다. 카페 게시판에 내 사연을 올려 볼까, 하는 마음도 있었다.

'목욕탕 청소원이 된 제품디자이너.'

단박에 화제를 불러 모을 사연이었다(내 사건을 담당한 노무사조차 내용을 듣고 깜짝 놀라 일어섰을 정도였으니). 그만큼 지독한 인사다. 역으로, 그렇게 모진 내용이다 보니 사연 올리기가 더 힘들었다. 엽기적인 인사발령이라며 인터넷을 달굴 게 뻔하기에 왠지 민망했다.

*

심판회의 날이다. 서울지방노동위원회의 심판정은 생각보다 크지 않았다. 구조는 법정과 비슷했다. 사실상의 재판관인 세 명의 공익위원이 심판정 정면에 앉아 있었다. 공익위원 중 가운데 앉은 사람이 의장이라고 했다. 공익위원석 양옆으로 근로자위원과 사용자위원이 앉았다. 이들은 근로자 측과 회사 측에 질문을 할 수 있고 자신의 의견을 공익위원에게 말할 수 있다. 그러나 판정 권한은 없는 사람들이다. 공익위원석 정면엔 근로자와 회사 측 자리가 나란히 마련돼 있었다. 근로자 자리엔 신청인인 나 강기웅과 대리인 신현우 노무사가 앉았다. 회사 측엔 예상대로 이정구 본부장이 출석했다. 이 본부장 옆에는 회사 측에서 선임한 중년의 노무사가 앉아 있었다.

심판정에서 이정구 본부장의 얼굴을 다시 보니 토가 쏠릴 지경이었다. 이 본부장도 긴장한 표정이었다. 사장 아들 한창희를 대신해 이 자리에 나왔으니 부담이 클 것이다. 어찌 보면 과잉 충성이지만, 만약 회사 측이 이긴다면 그는 어깨에 꽤 힘을 줄 수 있을 거다. 충정을 인정받는 셈이니 말이다. 그 꼴을 안 보기 위해서라도 나는 오늘 이겨야 한다.

의장이 개회를 선언하면서 심판회의가 시작됐다. 이미 서면과 출석조사 등으로 기본적인 갑론을박이 오갔기에 전반부 회의는 생각보다 형식적으로 흘러갔다. 회의 초반엔 공익위원 및 근로자·사용자위원의 질문이 주를 이뤘다. 그런데 기존에 제출한 서면 답변 내용을 다시 묻는 수준이어서 졸음이 올 지경이었다. 답변서를 제대로 읽어 봤나 싶을 정도로 엉뚱한 질문을 하는 위원도 있었다. 이쨌든 노동사와 회사 측이 새로운 주장을 펼치거나 격하게 논쟁하는 등의 드라마 같은 장면은 좀처럼 발생하지 않았다. 시간이 흐르면서 공익위원들의 말투가 점점 훈계조로 변해가는 것도 듣기 거북했다.

"그러니까 강기웅 씨 잘못도 있는 거야. 당신이 열심히 일해서 좋은 실적을 냈다면 회사가 그런 조치를 했겠어요? 억울하다고만 하지 말고 역지사지로도 생각을 해 봐야 해. 내 말 알겠어요?"

반말과 존댓말이 섞인 공익위원의 일갈에 나는 애꿎은 입술만 깨물었다. 항변할 말이야 많았지만 실질적 재판

관인 공익위원과 '맞짱'을 뜰 수는 없었다. 하지만 상대가 이정구 본부장이라면 상황이 다르다. 심판회의가 중간 정도 흘러갔을 즈음 나는 흥분해 자리에서 일어날 뻔했다. 말도 안 되는 사실로 나를 비방하는 이 본부장 때문이었다.

"제품디자이너였을 당시에도 강기웅 씨는 직원 간 예의가 없었습니다. 옆 부서 상급자에게 담배를 요구하질 않나, 디자인한답시고 직원들에게 화를 내질 않나, 업신여기질 않나 말이죠. 그는 조직과 융화가 안 되는 독불장군 스타일이었습니다. 함께 일하던 직원들도 불만이 많았습니다."

정말 말 같지도 않은 소리였다. 저런 시시콜콜한 얘기를 심판정에서 한다는 것 자체가 웃기는 상황이었다. 내가 독불장군이었다니, 아니다. 나는 동료들과 잘 지냈다. 담배 해프닝의 주인공은 마케팅팀 박송우 차장인 것 같다. 박 차장은 영업력을 인정받아 진급이 빨랐다. 부서는 달랐지만 직급상 상급자인 건 맞다. 하지만 나이는 나보다 겨우 한 살 많은 사람이었다. 어느 날이었다. 회사 흡연실에 들어가 담뱃갑을 여니 마지막 남은 담배가 부러져 있었다. 주위를 둘러보니 박 차장이 담배를 피우고 있어 그에게 다가가 한 대 얻어 피운 것뿐이었다. 물론 사람마다 예의에 대한 기준이 다를 수 있지만, 나는 타 부서 또래 상급자에게 담배 한 대 얻어 피운 게 심판회의에서 까발려질 정도로 잘못한 일은 아니라고 생각한다.

디자인한답시고 동료를 업신여겼다는 트집도 억울하다. 제품디자이너는 벼슬이 아니다. 누굴 업신여기고 말고 할 게 없다. 내가 디자인 업무를 할 때 예민해지는 부분은 있다. 하지만 디자인 작업 시엔 대개의 디자이너가 예민해지게 마련이다. 다 생략하고, 작업에 몰두하고 있던 어느 날이었다. 타 부서 직원 몇몇이 노크도 없이 디자인실 문을 벌컥 열었다. 그때 좀 예민하게 반응했었다. 하지만 한 시간 후 해당 직원들과 음료수를 나눠 마시며 화해했나.

그런데 이런 사례를 이 본부장은 도대체 어떻게 파악한 걸까. 직원들 모아놓고 강기웅 성토대회라도 한 걸까. 내 흠집을 들춰낸 직원에게 상품권이라도 지급한 걸까. 그렇다면 좋다. 나도 할 말은 있다. 이 본부장 저 인간에 대해서 까발려 보겠다. 미끄러짐을 빙자해 여직원 엉덩이를 더듬은 일, 실적을 수시로 가로채 참다못한 부하 직원이 사표를 쓴 일, 근무 시간에 수시로 주식 거래를 한 일 등이다. 이제부턴 진흙탕 싸움이다. 나는 의자에서 반쯤 몸을 일으켰다. 그 순간, 신현우 노무사가 내 허벅지를 꼬집었다. '쓸데없는 짓 말고 빨리 앉으라'는 눈치였다. 신 노무사는 흥분한 나를 대신해 발언권을 얻었다.

"다시 한번 원론적으로 말씀드리겠습니다. 신청인 강기웅 씨는 제품디자이너였습니다. 그는 열심히 일했습니다. 근무하는 동안 결근 한 번, 지각 한 번 한 적 없으며 회사에 손해를 끼친 일 또한 없습니다. 목욕탕 청소원으로 발령 날 하등의 이유가 없습니다. 회사 측이 내세운 전직의 이유는 근거가 부족합니다."

신 노무사의 말에 공익위원들이 고개를 끄덕였다. 그러자 회사 측은 가장 강력한 무기를 들고 나왔다. '인사상의 필요성'이었다. 회사 측 노무사는 '인사는 회사의 고유 권한이며 이에 대해 충분한 재량권을 인정해야 한다, 는 대법원 판례가 있다'고 맞섰다.

"만약 신청인 강기웅 씨가 인사발령 때문에 원거리 통근을 해야 했다든지 급여상의 불이익을 받았다든지 했다면 회사 측 과실을 인정하겠습니다만, 그런 불이익은 전혀 없었습니다. 신청인의 집은 상도동입니다. 스포츠센터와 지하철역 아홉 정거장 정도입니다. 통근에 전혀 문제가 없습니다. 급여 또한 제품디자이너 시절과 동일합니다. 이번 인사발령으로 회사는 신청인에게 물리적인 피해를 준 것이 전혀 없습니다."

회사 측 노무사의 말에도 공익위원들은 고개를 끄덕였다. 내 노무사가 말했을 때보다 끄덕임의 각도가 컸다. 그걸 보니 괜스레 불안한 기분이 들었다. 그나마 다행인 건 공익위원 중 한 명이 '아무리 그래도 제품디자이너였던 사람을 목욕탕 청소원으로 발령 내 모욕감을 준 건 너무했다'는 의견을 냈다는 것이었다. 심판회의 말미쯤 의장은 피곤한 표정으로 화해를 종용하기도 했다. 그러나 나도 회사도 화해할 마음은 없었다.

그렇게 1시간 20분 여의 심판회의가 끝났다. 사건 담당 유현관 조사관이 내 앞으로 다가왔다.

"수고하셨습니다. 빠르면 한 시간 내로 심판회의 결과가 문자로 갈 겁니다. 늦더라도 내일 오전 중으론 결과가 나갑니다."

말을 마친 조사관이 뒤돌아섰다. 신 노무사와 나는 서류를 챙긴 뒤 심판정을 빠져나왔다.

*

노을이 지고 있었다. 신 노무사와 나는 서울지방노동위원회 건물 밖에 있는 벤치에 나란히 앉았다. 신 노무사는 아까 내 허벅지를 꼬집은 이유를 설명했다.

"회사 측 본부장이 담배 어쩌고 한 건 그만큼 꼬투리 잡을 게 없다는 거예요. 그런 사적인 공격에 휘말려 감정적으로 대응해 봐야 도움될 게 하나도 없어요."

"아…."

"제가 누누이 말했듯 심판회의에선 사실 관계를 기초로 법리적인 답변을 해야 해요."

"네…."

"물론 강기웅 씨 마음 모르지 않아요. 사사로운 트집에 기가 막혔겠죠. 하지만 최대한 이성적으로 답변해야 해요. 그래야 그나마 승소 가능성이 있어요."

신 노무사의 말을 들으니 내 마음은 더 무거워졌다. 처음엔 '승소 가능성이 크다'고 말하던 그였다. 지금은 '그나마' 가능성이 있다는 말로 바뀌었다. 사실 부당노동행위 구제신청에서는 회사 측의 승리 비율이 훨씬 높다. 중앙노동위원회 재심으로 올라갈 경우 근로자의 승소율은 더 낮아진다. 부당노동행위 구제신청은 근로자에게 불리한 게임이다.

말을 마친 신 노무사가 목캔디 두 개를 꺼냈다. 그중 하나를 내게 건넸다. 목캔디를 받자마자 입안에 까 넣었다. 나는 며칠 전 담배를 끊었다. 스트레스 받는답시고 당기는 대로 피웠더니 머리가 무겁고 속이 메슥거렸기 때문이었다. 담배를 끊어서인지 캔디는 의외로 맛깔났다. 달달하고 화! 했다.

신 노무사도 목캔디를 까서 입에 넣었다. 그는 30대 초반의 젊은 노무사였다. 그를 선임한 이유는 수임료가 싸서였다. 젊은 그는 경험이 일천했다. 그러나 열정은 있는 사람이었다. 먼저 상담했던 다른 노무사들과 달리 내 사건에 적극적으로 관심을 가져 주었다.

"P사에 입사했을 당시 '제품디자이너'로 들어갔다는 명확한 근거 자료가 있다면 승소 확률이 올라갈 텐데…."

신 노무사가 작게 중얼거렸다. '근거 자료'라는 말을 듣자 다시금 마음이 답답해 왔다. 물론 나는 P사에 제품디자이너로 입사했다. 하지만 회사 측에서 나를 '제품디자이너'로 채용했다는 명확한 근거는 없다. 나는 학원의 주선을 통해 입사했기 때문이다. 공개적인 디자이너 채용 공고를 거쳐 입사했다면 구인 광고 자체가 증거로 채택되지만 내 경우엔 해당사항이 없었다. 내가 미대 출신의 정통파라면 정상 참작이 있을 수도 있었다. 앞서 잠깐 말했듯 나는 미대 출신도 아니었다.

나는 화가를 꿈꾸던 소년이었다. 하지만 집안 형편상 미래가 불투명한 미대에 진학을 할 순 없었다. 나는 대학

에서 기계공학을 전공했다. 수능 점수에 맞춘 전공 선택
이었다. 기계는 내가 지향하던 예술가적 분위기와 상극
이었다. 전공 수업 따라잡기는 그야말로 죽을 맛이었다.
군 제대 후 복학을 앞두고 자퇴까지 고민했다. 그러나
우여곡절 끝에 공학 공부를 이어갔고, 결국 졸업장을 받
았다.

학업을 마친 후 나는 외국계 기계설비 회사에 곧바로
입사했다. 취업빨 좋은 공대 출신의 특권이었다. 하지만
그토록 싫어하는 기계도면 앞에 앉아 있자니 머리에 쥐
가 났다. 그나마 버틸 수 있었던 건 매월 꼬박꼬박 통장
에 찍히는 적지 않은 액수의 월급 때문이었다.

꾸역꾸역 이어가던 1년간의 엔지니어 생활, 그것이 한
계에 다다랐을 무렵이었다. 내 숨통을 조그맣게나마 트
여주는 일이 생겼다. 회사에서 업무 확장 차 산업디자인
부서를 개설한 것이었다. 산업디자인팀은 우리 부서 바
로 옆에 자리를 잡았다. 산업디자인 전공자들과 친해지
면서 나는 새로운 세계에 눈을 떴다. 산업디자인은 종합
미술이었다. 예술적 갈증을 어느 정도 해소하면서 현실
도 잡을 수 있는 분야였던 것이다. 디자인 팀원들이 일하
는 모습을 볼 때마다 나는 가슴이 뛰었다. 나도 해 보고
싶었다. 그러나 산업디자인은 아무나 할 수 있는 게 아니

었다. 공부도 공부지만 미대 출신끼리 학벌과 인맥이 얽히고설켜 있었다. 기계공학도 출신인 내가 섣불리 욕심낼 수 있는 분야가 아니었던 것이다. 그래도 포기할 순 없었다. 이번에도 주저하다간 평생 내 길을 못 찾을 것만 같았다.

산업디자인 분야 중 내가 특히 관심을 가진 건 제품디자인이었다. 나는 서둘러 제품디자인 학원에 등록비를 냈다. 학원 출신은 미대 출신에 비해 진로가 불투명하지만, 지푸라기라도 잡는 심정이었다. 퇴근 후 밤늦게까지 학원에서 공부했다. 포토샵·일러스트 같은 기본 과정부터 3D맥스·라이노·캐드 같은 전문 과정까지 익혔다. 그렇게 12개월간 학원 정규 코스를 밟았다. 이후 회사를 그만두고 다시 10개월간 심화 과정에 매달렸다. 솔직히 내 디자인 능력은 보통 수준을 넘지 못했다. '디자인은 감각'이라는 말이 있는데 내 감각은 그리 뛰어난 편이 아니었다. 학원 출신에, 그저 그런 감각을 지녔으니, 제품디자이너로 취업하기란 쉬운 일이 아니었다.

취업에 성공한 건 운이 따랐기 때문이었다. 낭중지추(囊中之錐)라고 했던가. 학원생 중에서도 감각이 뛰어난 친구들이 있었다. 학원 커플이었던 재혁과 현주가 그러했다. 나는 의도적으로 그들과 친해지려 노력했다. 자수 밥을 사줬고 데이트 비용에 보태라며 용돈도 쥐어 줬다. 나의 물량공세에 그들도 마음을 열었다. 학원 졸업작품 프로젝트 때 나를 한 팀에 끼워주었다. 졸업작품은 훌륭했다. 학원 선생님이 디자인 공모전에 출품해 보라고 권유할 정도였다. 우리는 선생님의 말에 따랐고, 꽤 공신력 있는 공모전에서 은상을 받는 쾌거를 이뤘다. 나는 보조 역할만 했을 뿐 작품 탄생에 별로 기여한 게 없었다. 하지만 팀원이었기에 공모전 은상 수상은 내 스펙에도 올랐다. 그에 따라 취업문이 활짝 열렸다.

꽤 탄탄한 중견기업 서너 곳에서 스카우트 제의가 들어왔다. 한 곳은 가구 회사였고 다른 한 곳은 조명기구 회사였으며 또 다른 한 곳은 P사였다. 평소 스포츠에 관심이 많았던 나는 주저 없이 P사를 선택했다. 입사 후 재미있게 제품디자인을 했다. 내가 디자인한 제품 중 히트 상품은 많지 않았다. 그러나 세상엔 독특하고 재치 넘치는 디자이너만 필요한 게 아니다. 무난한 이미지를 꾸준히 디자인하는 나 같은 사람도 있어야 한다. 나는 P사의 제품디자이너로서 열심히 일했다. 지금은 비록 목욕탕에서 청소를 하고 있지만….

*

　심판회의 다음 날 오후, 나는 언제나처럼 목욕탕 바닥을 걸레로 닦았다. 그런 다음 세탁실에서 올라온 수건들을 정리했다. 스포츠센터 마크가 붙어 있는 하얀 수건 외에도 형형색색의 수건이 함께 섞여 있었다. 남탕은 회원들이 개인적으로 가져온 수건을 놓고 가는 경우가 있어서 그렇다.

　나는 오늘부터 일주일간 오후조 근무다. 근무 시간은 낮 1시부터 밤 11시까지다. 지금 시각은 오후 4시, 호스트들과 조폭들이 출근 준비를 위해 하나둘 모습을 드러냈다.

　수건 정리를 마친 나는 라커 시설 중간중간 붙어 있는 거울들을 닦기 시작했다. 호오, 입김을 불어가며 정성스레 닦았다. 닦으면서도 마음은 답답했다. 심판회의 후 한 시간 이내로 날아온다던 문자가 다음날 오후인 지금 이 시각까지도 오지 않고 있어서였다. 사건 담당 조사관에게 연락해 보니 판정이 늦어지고 있다고 했다. 공익위원들끼리 의견 충돌이 있어서 그렇단다. 입술이 바짝바짝 말랐다. 일하는 와중에도 신경은 온통 휴대폰 문자에 쏠렸다. 그런 내 옆으로 시설팀 최 씨가 다가왔다. 그는 드라이버와 쇠솔, 그리고 사다리를 들고 있었다.

"화장실 환풍구 점검을 해야 하거든. 사다리 잡고 있을 사람이 좀 필요해서 말이야. 조금만 도와주게."

최 씨의 요청을 거절할 만한 핑곗거리가 딱히 없었다. 마침 거울도 다 닦은 참이었다. 나는 최 씨가 들고 있던 사다리를 받아들었다. 그리고 그를 따라 화장실로 들어 갔다.

"환풍 시설에 때가 많이 껴서 프로펠러 도는 게 원활하지 않아."

최 씨의 설명이었다. 나는 환풍기 아래에 사다리를 놓 았다. 최 씨가 사다리를 타고 화장실 환풍기 쪽으로 올라 갔다. 나는 최 씨가 떨어지지 않도록 밑에서 사다리를 꼭 잡았다.

끽, 끼익! 최 씨가 힘겨운 표정으로 프로펠러 때를 벗 겨 냈다. 환갑이 한참 지난 노장이었다. 그가 아직도 사다 리를 타며 일하는 건 마흔여섯에 본 막내아들 때문이었 다. 막내는 이제 고등학생이 됐다고 했다. 막내가 대학을 졸업할 때까지 직접 학비를 벌어 지원하겠다는 것이 최 씨의 목표였다.

환풍 시설 점검을 마치고 사다리에서 내려온 최 씨가 나를 쳐다보았다.

"사다리 잡아줘서 고맙네. 근데 오늘은 자네가 오후조인가?"

"네, 그렇습니다만."

"미안한데, 그러면….'

"?"

"근무 끝나고 나 한 번만 더 도와줄 텐가? 여탕 환풍 시설도 점검해야 해서 말이야."

"……"

"좀 도와줘. 오래 안 걸릴 거야."

"그게….'

나는 잠시 망설였다. 솔직히 도울 짬이 없었다. 지금 마음 상태로는 누굴 돕고 말고 할 거를이 없었다. 허지만 막내아들 교육비를 벌기 위해 고생하는 노인의 부탁을 차마 거절할 수도 없었다. 나는 알았다고 했다. 사실 여탕을 구경해 보고 싶은 마음도 없지는 않았다.

환풍기 점검을 마친 최 씨와 나는 화장실 밖으로 나왔다. 최 씨는 곧바로 시설팀으로 내려갔다. 나는 정수기에서 물을 한 잔 뽑아 마셨다. 그렇게 잠시 숨을 고르고 있었다. 뒤에서 서방준의 목소리가 들려왔다.

"어이, 할 일 없으면 간만에 수면실 베드 좀 닦아요. 요즘 잘 안 닦는 것 같던데, 농땡이 부리면 안 되지."

서방준의 말을 듣자 나는 마시던 물이 목에 걸렸다. 수면실 베드는 아까도 닦았다. 이발사 김 씨 말로는 원래 이틀에 한 번씩 닦았단다. 내가 목욕탕으로 오자 하루에 두 번으로 바뀌었다. 서방준 저놈은, 내가 심판회의를 받았건, 판정 결과를 기다리고 있건, 출근 이후 지금껏 쉬지 않고 일했건 어쨌건 간에, 꿋꿋하게 날 괴롭힌다. 이제는 서방준의 말투까지도 신경이 쓰인다. 저렇게 변함없이 갈구는 걸 보면, 그는 내가 당연히 졌을 거로 생각하는 것 같다.

'씨발놈….'

이러다간 내 가슴이 타버릴 것만 같다. 그냥 일이나 하는 게 속 편할 듯하다. 나는 손걸레를 집어 들고 수면실로 들어갔다.

정육점이 떠오르는 빨간 조명 아래서 세 명의 손님이 잠을 청하고 있었다. 나는 최대한 발걸음을 조심하며 첫 번째 베드에 걸레를 올렸다. 그런데 그때,

부르르르!

바지 속 휴대폰에서 진동이 울렸다. 한 번 울리고 마는 걸 보니 문자가 온 모양이었다. 이거 혹시? 갑자기 심장이 쿵쾅거린다. 지방노동위원회에서 온 것인 듯했다. 이 문자에 내 직장 생활의 운명이 걸려 있다. 나는 조심스럽

게 휴대폰을 꺼내 문자를 확인해 보았다.

— 황금의 꿈! 대박의 향연! 화끈한 스트립 포커의 세계로 당신을 초대합니다. 탱야!

이런 제기랄! 스팸 문자 보내는 놈들은 도대체 어디서 내 번호를 알아내는 걸까. 가뜩이나 신경이 예민한데 별게 다 약을 올린다. 나는 투덜거리며 휴대폰을 내렸다. 그런데 1분 후 다시 부르르르, 문자가 왔다.

'또 뭐야!'

불만 가득한 눈으로 휴대폰 화면을 확인해 보았다. 허걱! 이번엔 지방노동위원회로부터 온 문자가 맞았다. 조사관이 직접 보낸 문자였다. 온몸이 수축하며 등에 땀이 스몄다. 나는 심호흡을 한 뒤 화면에 눈을 가까이 댔다. 간략한 문장이 찍혀 있었다.

— 강기웅 님의 부당전직 구제신청이 인정되었음을 알립니다.

나는 눈을 비빈 후 다시금 문자 내용을 확인해 보았다. 내용은 변함이 없었다. 구제신청이 인정됐다고 쓰여 있었다. 내가 이긴 것이다. 나의 복직 신청이 받아들여진 것이다.

"우왓!"

나도 모르게 감탄사가 터져 나왔다. 잠자던 손님들이

깜짝 놀라 고개를 들었다. 하지만 그들을 신경 쓸 겨를이 없었다. 머리가 환해지면서 속이 뻥 뚫렸다. 온몸에 전율이 일면서 눈시울이 뜨거워졌다. 일단 신현우 노무사와 통화를 해야 했다. 나는 휴대폰을 들고 급히 수면실 밖으로 나왔다. 흥분으로 떨리는 가슴을 진정시키며 창고로 향했다. 서방준은 휴게실에서 오목을 두느라 이런 내 모습을 보지 못했다.

창고는 고요했다. 나는 서둘러 신 노무사에게 전화를 걸었다. 삐리리리리, 신호가 울리자마자 곧바로 신 노무사가 전화를 받았다.

"아, 강기웅 씨. 전화 올 줄 알았어요. 저도 방금 확인했거든요. 우리가 이겼네요. 강기웅 씨 축하해요!"

그의 목소리도 고조돼 있었다. 신 노무사의 축하를 받자 내 감정은 더욱 부풀어 올랐다.

"고맙습니다. 다 노무사 님 덕분입니다. 정말 고생 많았어요."

"아니에요, 제가 한 일이 뭐 있다고요. 판정이 예상보다 오래 걸려서 걱정했는데, 불리한 상황에서도 우리가 이겼네요. 역시 정의는 살아 있네요."

신 노무사의 말에 나는 다시금 눈시울이 뜨거워졌다. 그와 기쁨을 나누다 보니 문득 회사 측 분위기는 어떨지 궁금했다. 문자를 받은 이정구 본부장은 난감함에 하늘만 처다보고 있을 것이 분명했다. 사장 아들 한창희에게 어떻게 보고를 해야 할지 곤란할 것이다. 이미 보고가 들어갔을 수도 있다. 보고를 받은 한창희는 뭐 씹은 표정을 하고 있을 것이다. 물론 이 모든 건 추정일 뿐이지만, 그래도 그렇게 상상하니 통쾌함이 몰려왔다. 내 목소리 톤이 높아지자 신 노무사가 진정을 시켰다.

"자자, 기쁜 일이지만 조금 흥분을 가라앉히자고요. 강기웅 씨가 디자인실에 정식으로 다시 출근하는 날, 그날 우리 마음껏 기뻐하자고요."

"네, 알겠어요. 그날엔 제가 한잔 크게 쏠게요. 잘 아는 술집이 있거든요."

나는 순간적으로 고교 동창 석규를 떠올렸다. 복직하는 날, 축하도 할 겸 술도 팔아 줄 겸, 석규네 룸살롱을 방문하리라 마음먹었다. 마지막으로 나는 신 노무사에게 향후 일정을 물어 보았다.

"노무사 님, 그럼 정식 복귀는 언제쯤이나 하게 될까요?"

"일단은 회사 측 반응을 봐야죠. 지방노동위원회에서 공식 판정문을 회사 측에 송달해야 효력이 발생하는 거거든요. 조금만 여유를 갖고 기다리세요."

"아, 네."

"그리 오래 걸리진 않을 거예요. 특별한 일 없으면 회사 측도 조속히 복귀시킬 거예요. 그러니 일단은 목욕탕 일에 충실하시고요. 회사 측 입장 표명을 기다려 보자고요. 파이팅!"

신 노무사가 마지막으로 외친 '파이팅' 소리가 경쾌하게 날아와 내 귓속에 박혔다. 통화를 마친 후에도 흥분이 가라앉질 않았다. 어찌 보면 부당한 힘에 의해 빼앗긴 내 자리를 되찾은 것뿐이었다. 그래도 기분은 최고였다. 나는 아무것도 부러울 게 없었다. 문득 공 코치가 생각났다. 그도 판정 결과를 알면 기뻐할 것이다. 나는 다시 휴대폰을 꺼냈다. 들뜬 마음으로 공 코치의 번호를 눌렀다. 띠리리리링, 띠리리리링, 신호가 갔다. 그런데 연결이 되지 않았다. 뭐지? 나는 다시 걸어 보았다. 열 번 이상 신호가 울린 후에야 겨우 연결이 됐다. 전화를 받은 사람은 공 코치가 아니라 그를 보조하는 후배 트레이너였다.

"공 선배 본사 들어가셨어요. 휴대폰을 두고 가서 대신 받은 거예요."

"아… 그래요. 알겠습니다."

아쉬웠다. 공 코치의 축하 인사를 받고 싶었는데. 한편으론 이제 곧 그와 헤어져야 한다는 사실이 섭섭하게 다가왔다.

3장

_____

온탕에 들어가기

저녁 8시다. 서방준이 퇴근했다. 지금부터 11시까지는 나 홀로 일하는 시간이다. 거리낄 게 없었다. 아직도 승소 문자의 기쁨에서 헤어나오질 못 했다. 아니 헤어나올 이유가 없었다. 그저 이 순간을 즐기고 싶다.

하지만,

모든 일이 탄탄대로일 수만은 없는 것일까. 나의 안락함을 방해하는 인물이 나타났다. 전갈 문신 조폭이다. 그는 밖에서 안 좋은 일이 있었는지 텁텁한 표정을 짓고 있었다. 저럴 땐 조심해야 한다. 저 인간은 저럴 때 괜한 트집을 잡곤 한다. 돌아이 같은 손님 때문에 좋은 기분을 망치고 싶지 않았다. 전갈 문신을 피하기로 했다. 고개를 돌려보니 마침 쓰레기통이 어느 정도 차 있었다. 나는 쓰레기통을 들고 1층 안내데스크 쪽으로 내려갔다.

근무 중인 곽유나의 모습이 보인다. 평소 먼발치에서라도 보고 싶었던 그녀, 하지만 지금은 피하고 싶다. 며칠 전 서방준이 내게 가한 모욕 때문이다. 똥을 만들어 싸느니 어쩌니…. 곽유나 앞에서 내 체면은 그야말로 똥이 됐다. 그녀와 마주치고 싶지 않았다. 하지만 쓰레기장에 가려면 어쩔 수 없이 안내데스크를 가로질러야 한다. 나는 쓰레기통을 번쩍 들고 최대한 잰걸음으로 안내데스크 앞을 지나쳤다.

"저기요."

"!"

곽유나가 날 부른다. 그녀가 먼저 날 부른 건 처음이다. 나는 어정쩡한 자세로 걸음을 멈췄다. 대체 왜 부른 걸까. 체육복 대여카드는 퇴근하면서 서방준이 처리했을 거다. 지금 시간엔 특별히 신경 써야 할 VIP 손님도 없다. 왜 부른 걸까. 혹시 서방준이 날 모욕한 걸 위로해 주려고? 아무리 생각해도 그건 아닌 것 같다. 그렇다면 대체 왜?

"뭐, 뭐 하나 물어볼 게 있어서요."

곽유나가 살짝 말을 더듬었다. 왜지? 덩달아 나도 긴장했다. 저 아름다운 여자가 내게 궁금한 건 대체 뭘까.

"저기⋯."

"?"

"원래 제품디자인을 하셨던 분으로 아는데요."

"그, 그렇습니다만."

이번엔 내가 말을 더듬었다. 속으로 약간의 흥분도 일었다. 역시 곽유나도 나란 사람에 대해 알고 있었다. 뭐, 스포츠센터 전체에 소문이 났을 테니 모를 리가 없을 테지만. 어쨌든 곽유나가 다시 입을 열었다.

"사실은⋯."

"?"

"저도 디자인 쪽에 관심이 있거든요."

"아, 그러세요?"

"좀 배워보고 싶은데 어디서 배워야 할지 몰라서요."

이것이 곽유나가 날 부른 이유였다. 갑자기 그녀가 귀엽게 느껴졌다. 그녀는 디자인 분야와도 잘 어울릴 듯했다. 나는 흘끔흘끔 그녀의 모습을 살펴보았다. 부드럽게 웨이브 진 머리, 오뚝한 콧날, 빨갛고 도톰한 입술, 목 아래 하얗게 드러난 쇄골, 그 위에 새겨진 복점.

'저 여자의 다른 곳에도 저런 복점이 있을까? 그녀처럼⋯.'

나는 곽유나의 복점을 바라보며 기억 속 그녀를 떠올려 보았다.

*

  민아는 하숙집 딸이었다. 나는 제대 후 대학교 근처에서 하숙을 했다. 아버지가 인삼 농사를 지어 보겠다며 가족을 이끌고 강원도 홍천으로 내려가셨기 때문이었다. 함께 할 수 없었던 나는 학교 근처에 자리를 잡았다.

  하숙집 딸 민아는 귀여운 인상이었으나 그리 예쁜 얼굴은 아니었다. 나는 그녀에게 별 관심이 없었다. 그녀의 평범한 얼굴 때문만은 아니었다. 여자에게 눈길을 줄 만한 심적 여유가 없었다. 당시 나는 심각하게 진로를 고민 중이었다. 어쩔 수 없이 복학은 했지만 재미없고 딱딱한 기계공학을 공부하기 숨이 막힐 지경이었다. 미대에 가고 싶다는 미련이 또다시 고개를 들었다. 그렇다고 집안 형편상 다시 수능을 치를 수도 없는 노릇이었다.

  이런 상황이니 하숙집 딸에게 관심을 보일 여력까진 없었던 것이다. 민아가 우리 학교 건너편에 있는 사립 여대에서 과학교육학을 전공한다는 것, 나보다 두 살 어리다는 것 정도가 그녀에 대해 내가 아는 전부였다. 민아 또한 남자한테 별 관심이 없는 듯했다. 그녀는 전형적인 모범생 타입이었다. 졸업 후 교사로 일하다 조건 맞는 남자 만나 결혼하면 딱인 스타일이었다.

복학 후 힘겹게 전공을 따라잡다 보니 시간이 화살처럼 지나갔다. 눈 깜짝할 사이 학기 말이 됐고 본격적인 여름이 다가왔다. 더워진 날씨만큼 사람들의 복장은 가벼워졌다. 민아의 차림새 또한 마찬가지였다. 얇아진 민아의 옷차림을 본 나는 새로운 사실을 발견했다. 그녀의 피부가 상당히 말갛고 깨끗하다는 것, 몸매가 생각보다 늘씬하고 육감적이라는 것, 목 아래에 드러난 쇄골이 매력적이었다는 것, 그리고 그 위에 앙증맞게 복점이 나 있었다는 것.

*

나는 곽유나의 쇄골에 뒀던 시선을 다시 얼굴 쪽으로 올렸다. 곽유나는 사뭇 진지한 표정으로 내 입을 주시했다. 디자인을 어디서 배워야 하는지에 대한 답을 얻고 싶어서인 듯했다. 나는 예전에 다니던 디자인 학원의 전화번호를 검색하기 위해 휴대폰을 꺼내 들었다. 그런데 갑자기 옆에서 탁한 음성이 들려왔다.

"에이, 쓰벌. 왜 이놈의 목욕탕은 물건을 놓기만 하면 없어지는 거여!"

소리가 난 쪽으로 고개를 돌려보았다. 전갈 문신 조폭이 날 노려보고 있었다. 그는 화가 나 있었다. 아까부터 표정이 안 좋아 보이긴 했었다. 또 뭔가를 잃어 버린 모양이다.

"운동화가 없어졌단 말이여. 발렌시아가 신제품인데 80만 원짜리여. 어제 라커 위에 올려놓고 갔는데 지금 확인해 보니 없어졌다고!"

전갈 문신이 있는 대로 인상을 구기며 말했다. 새삼 느끼지만 목욕탕 직원에게 도난 문제는 참으로 어렵고 막막하다. 전갈 문신 저 녀석은 칠칠치 못하게 왜 매번 물건 잃어버리는지, 그리고 왜 직원을 쥐 잡듯 하는지.

"회원님, 물품은 라커로 잘 챙기셔야…."

참다못해 나도 한마디 했다. 그러자 전갈 문신의 목소리가 더욱 올라갔다.

"뭐여! 내 잘못이란 말이여? 손님이 라커에 물건을 놨으면 잘 보관해야제, 니들이 갖다 쓰는 거잖어!"

말이 통하지 않는 사람이었다. 저 인간은 물건 잃어 버릴 때마다 직원이 도둑인 양 몰아붙인다. 나이도 별로 안 많아 보이는데 꼬박꼬박 야자는 기본이다. 이래서 조폭 쓰레기들은 세상에서 없어져야 한다. 그나저나 곽유나와 단둘이 있을 때마다 왜 자꾸 훼방 놓는 인간들이 나타나는지 모르겠다. 오늘은 승소 문자도 받고 일진이 좋은 날이었는데 말이다. 느닷없이 전갈 문신에게 시비가 걸리니 입안이 까끌하다. 하여간 모든 일이 녹록할 수만은 없다는 걸 새삼 느낀다.

*

  밤 11시. 스포츠센터 영업이 끝났다. 할 일은 남았다. 시설팀 최 씨를 도와 여탕 환풍기 정비 작업을 해야 했다. 나는 최 씨가 들고 온 사다리를 건네받았다. 그리고 최 씨를 따라 여탕에 들어갔다.
  '대체 여탕은 어떻게 생겼을까?'
  나는 호기심 어린 눈으로 시설 구석구석을 살펴보았다. 여탕은 이발실이 없어서인지 남탕과 구조가 사뭇 달랐다. 물론 규모는 비등했고 비치물품도 엇비슷했다. 다만 이발실 대신 과자와 음료를 파는 매점이 있다는 게 색달랐다. 수면실은 남탕보다 작았다. 반면 휴게실과 탕비실은 남탕보다 컸다. 여자들은 자는 것보다 휴게실에서 대화를 나누거나 탕비실에서 다과를 즐기는 걸 좋아하는 모양이다. 남자들은 남탕에서 씻는 것 이외에 별로 하는

85

일이 없다. 휴게실에서 TV 보다가 수면실로 향하는 이가 대부분이다. 여탕은 여러모로 남탕보다 아기자기한 분위기가 있었다.

최 씨가 나를 이끌고 욕실 쪽으로 들어갔다. 그곳 환풍기가 습기로 인해 회전력이 약해졌다고 했다. 나는 욕탕 시설 오른쪽 구석 끝에 있는 환풍기 아래에 사다리를 놓았다. 최 씨가 사다리를 타고 올라갔다. 나는 사다리가 흔들리지 않도록 밑에서 힘을 주었다. 절컥절컥, 최 씨가 환풍기를 만지작거렸다. 최 씨가 작업에 몰두하는 동안 나는 시선을 돌려 여탕의 목욕시설들을 살펴보았다. 남탕과 큰 차이는 없었다(물론 이용자는 완전히 다르지만). 온탕과 냉탕을 차례로 훑어본 뒤 벽면에 설치된 샤워기 쪽에 시선을 모았다. 쏟아지는 물줄기 아래에서 알몸으로 비누칠을 할 여인들을 상상하니 야릇한 기분이 들었다.

*

민아는 4남매 중 막내였다. 원래 민아네는 하숙집이 아니었다. 언니·오빠들이 시집·군대 등으로 집을 떠나자 방이 남았고 부업으로 하숙을 시작한 것이었다. 첫 하숙생은 목포에서 올라와 수능을 준비 중이던 재수생이었다. 그리고 며칠 뒤 내가 들어왔다. 재수생은 하숙 생활 두 달 만에 스파르타식 학원으로 거처를 옮겼다. 그래서 한동안은 나 혼자서 하숙을 해야 했다.

여름이 무르익어 갈 무렵이었다. 민아네 집은 대대적인 개조 공사를 했다. 전문 하숙집으로 거듭나기 위한 작업이었다. 민아 아버지의 갑작스러운 실직이 계기였다. 마땅한 벌이가 없자 민아 어머니는 본격적으로 하숙을 치기로 했다.

개조 공사가 한창이던 어느 날이었다. 계절학기 수업을 마치고 방에 돌아오니 땀이 비 오듯 흘렀다. 나는 갈아입을 속옷과 수건을 꺼낸 후 1층 세면장으로 향했다. 그런데 세면장에서 솨아아, 샤워기 돌아가는 소리가 났다.

'누구지?'

나는 고개를 갸우뚱했다. 사람이 있을 시간이 아니었다. 어찌 됐건 이용자가 있으니 당장 사용은 불가능했다. 그렇다고 무작정 세면장 앞에 서 있기도 어색했다. 나는 방으로 되돌아가기 위해 몸을 돌리려 했다. 그 순간, 허연 살덩이가 스치듯 보였다. 세면장 문틈에 생긴 구멍을 통해서였다. 개조 공사의 영향으로 세면장 문에 약간의 공간이 나 있었다. 나는 벌어진 문틈 사이에 눈을 갖다 대보았다. 본능적인 호기심이었다.

'헉!'

그 안에 민아가 있었다. 콧노래를 흥얼거리며 샤워기로 몸을 씻고 있었다. 민아는 원래 2층 세면장을 썼다. 1층은 나랑 민아 아버지가 주로 썼다. 개조 공사로 2층 세면장이 잠시 막히면서 민아가 1층 세면장을 사용하고 있었다.

그렇게 그녀의 알몸이 세면장 문구멍을 통해 내 눈앞에 펼쳐졌다. 나는 숨이 멎는 듯했다. 여름철 얇아진 옷차림을 통해 짐작은 했었다. 민아의 육체가 생각보다 관능적이라는 것을. 직접 본 그녀의 벗은 몸은 상상 이상으로 아름다웠다. 잡티 없는 새하얀 피부, 상반신 위에 도드라진 물방울 모양의 두 봉우리, 알맞게 굴곡진 골반선, 라인을 잡아 주고 있는 탄탄한 살결…. 나는 몸속의 혈류가 급격히 빨라지고 있음을 느꼈다. 맥박은 기민해졌고 호흡도 불규칙해졌다. 흥분으로 머물 곳을 찾지 못한 내 피는, 민아가 온몸에 비누칠을 시작하자 낭심부 쪽으로 화악 몰려들었다. 딱딱하게 부풀어 오른 내 상징은 작은 자극에도 터질 것만 같았다.

비누칠을 끝낸 민아가 다시 샤워기를 돌렸다. 내리는 물줄기가 민아 몸에 붙어 있던 하얀 포말을 조금씩 털어 냈다. 목 부위의 비눗기가 사라지면서 앙증맞은 쇄골과 그 위의 복점이 드러났다. 비누 거품과 섞인 물줄기가 그녀의 배꼽 쪽으로 내려갔다. 배 주위엔 군살 하나가 없었다. 그 아래에 검은 잔디가 비밀스럽게 돋아나 있었다. 나는 숨을 죽이며 민아의 비밀을 관찰해 보았다. 마름모꼴로 돋아난 그녀의 치모는 물기에 젖어 윤기가 흘렀다. 자세히 보니 치모 주변에 또 다른 비밀스러운 매력이 있었다. 왼쪽 치골 부근에 소담스럽게 돋아난 복점이었다. 쇄골에 난 복점과 비슷한 크기였다. 나는 그녀의 쇄골과 치골에 난 복점을 번갈아 바라보며 들썩거리는 마음을 쓸어내렸다.

그날 이후 민아의 알몸을 더는 볼 수 없었다. 개조 공사가 생각보다 빨리 마무리되면서 2층 세면장이 다시 문을 열었기 때문이었다. 1층 세면장의 벌어진 문틈도 공간 없이 메워졌음은 물론이다. 그러나 민아를 향한 내 마음은 그때부터 활짝 벌어졌다.

*

여탕 욕실 환풍기 청소가 끝났다. 이제 휴게실 쪽 환풍기를 청소할 차례다. 그런데 최 씨가 시간이 오래 걸린다며 오늘은 이만 접자고 했다. 밤도 너무 깊었다고 했다.

"휴게실 환풍기는 내일 처리하자고. 내일도 도와줄 거지?"

최 씨가 물었다. 나는 흔쾌히 고개를 끄덕였다. 여탕에 한 번 더 오는 건데 어려울 건 없었다. 내 대답을 확인한 최 씨가 장비를 챙겼다. 나는 사다리를 오른손으로 들었다. 욕실 밖으로 나온 우리는 라커 쪽으로 이동했다. 라커 옆에 탕비실이 있었다. 그 앞에서 최 씨가 발걸음을 멈췄다.

"잠깐, 할 일이 하나 더 남았어. 그것 좀 마무리 짓고 가자고."

"뭔데요?"

"탕비실 정수기를 잠깐 살펴봐야 할 것 같아서."

최 씨의 말에 나는 들고 있던 사다리를 탕비실 입구 옆에 내려놓았다. "정수기 파이프에 찌꺼기가 많이 껴서 교체를 해야 한다"고 최 씨가 덧붙였다. 나는 최 씨를 따라 탕비실로 들어갔다. 최 씨는 들고 있던 도구 가방을 주변 의자에 내려놓은 후 곧바로 정수기의 전원코드를 뽑았다. 특별히 내가 도울 일은 없었다. 나는 가만히 서서 최 씨의 일하는 모습을 지켜보았다. 최 씨는 정수기를 한쪽으로 비스듬히 세우고는 왼편에 있는 파이프를 잡아당겼다. 이물질이 많이 껴서인지 파이프가 잘 움직이지 않았다.

"어? 이거 왜 안 빠져."

최 씨가 고개를 갸우뚱했다. 다시 힘을 줘 보았으나 파이프는 요지부동이었다. 홀로 힘을 쓰는 최 씨의 모습을 보기가 미안했다. 나는 파이프 빼는 걸 돕기 위해 최 씨의 뒤로 다가갔다. 그때, 파이프가 쑤욱 빠졌다. 그리고 파이프 속 이물질이 튀어나왔다.

후두둑!

날아온 이물질이 내가 입고 있던 가죽점퍼로 튀었다. 난데없는 찌꺼기 세례에 나는 당황했다.

"어이, 자네 괜찮은가?"

최 씨가 놀란 표정으로 물었다. 나는 대답 없이 가만히 있었다. '괜찮다'고 하기엔 모호한 상황이었다. 연한 갈색이던 가죽점퍼가 미끌미끌한 이물질로 인해 적록색으로 변해 갔다. 나는 탕비실에 있는 티슈로 이물질을 닦아 냈다. 가죽이기에 재질이 크게 상할 것 같진 않았지만, 구매한 지 얼마 안 된 제품이라 신경이 쓰였다. 당혹스러운 표정을 짓던 최 씨가 도구 가방에서 뭔가를 꺼냈다. 로션이었다. 최 씨는 목에 걸치고 있던 수건 위에 로션을 짜낸 뒤 내 가죽점퍼에 갖다 댔다.

"지금 뭐하시는 거예요?"

"가만있어 봐. 가죽점퍼는 가끔 이렇게 로션으로 칠을

해 주는 게 좋아."

"로션으로요?"

"그래. 우리가 살갗에 로션을 바르듯이 말이야. 가죽도 결국 동물들의 살갗이잖아. 로션이 필요하지."

최 씨가 로션 바른 수건으로 싹싹, 내 가죽점퍼를 닦아 냈다. 자세히 보니 최 씨의 로션은 상당히 비싼 제품이었다. 왠지 아깝다는 생각이 들었다.

"아저씨. 이쯤 하면 됐어요. 로션이 고급 제품 같은데요. 그걸로 점퍼를 닦으면 아깝잖아요. 그냥 목욕탕용 싸구려 로션으로 닦아낼 테니 걱정하지 마세요."

나는 최 씨에게 말했다. 내 말을 들은 최 씨가 로션을 다시금 살펴보았다.

"그래? 이게 좋은 로션이야? 선물 받은 거라 잘 몰랐네. 난 이거 그냥 버리려고 했었거든."

"버려요? 왜요?"

"이상하게 이 로션을 바르면 얼굴에 뭐가 나더라고. 나랑은 잘 안 맞나 봐. 그래서 버릴까 말까 고민 중이었는데…."

"에이, 그 좋은 걸 왜 버리세요. 피부에 안 맞으시면 저 주세요. 제가 쓸게요."

나는 넉살 좋게 최 씨에게 로션을 달라고 했다. 최 씨가 잠시 망설였다. 고급 제품이라는 말에 동요가 이는 모양이었다. 나는 다시금 손을 내밀었다. 최 씨가 마지못해 내게 로션을 건넸다. 밤늦게까지 자기 일을 돕고 있는 사람의 부탁을 거절하기 어려웠을 거다. 점퍼를 상하게 한 것에 대한 보상이라고 생각했을 수도 있고.

*

그때, 나도 하숙방에서 로션을 찾고 있었다. 여름이 지나고 선선한 가을로 접어든 어느 날이었다. 세수를 마친 나는 방으로 돌아와 바를 것을 찾았다. 로션이 바닥나 있었다. 시간이 흐르자 얼굴이 마르며 따끔거리기 시작했다. 새 로션을 사야 했으나 비상금이 떨어진 상태였다. 집에서 돈이 올라오려면 이틀 정도 더 기다려야 했다. 그냥 로션 없이 버티는 수밖에 없었다.

그날 저녁 식사는 민아가 차려주었다. 민아 어머니는 볼일 보러 친정집에 갔다. 나는 떨리는 마음을 진정시키며 식당에 들어갔다. 민아의 벗은 몸을 본 이후 내 마음은 급속히 그녀를 향했다. 그 감각적인 모습이라니…. 계기는 다소 야릇했으나 그게 다는 아니었다. 하나에 마음을 빼앗기니 그녀의 모든 것이 좋아졌다. 찡그리는 얼굴, 코 푸는 모습까지도 예뻐 보였다(물론 겉으론 내색하지 않았다). 어쨌든 나는 그녀에게 빠져 버렸다. 날 사로잡은 민아가 내 저녁을 차려주고 있었다. 밥을 푸고 반찬을 놓던 민아는 계속해서 내 얼굴을 흘끔거렸다. 왜 저럴까. 그런 그녀의 시선이 좋으면서도 약간은 민망했다.

"왜요? 내 얼굴에 뭐 묻었어요?"

나는 최대한 감정을 자제하며 그녀에게 물었다.

"저기….'

민아가 미소 띤 얼굴로 입을 열었다. 그 모습에 내 가슴은 심히 두근거렸다.

"왜요?"

"오빠 얼굴에….'

"?"

"하얗게… 풋!"

민아가 웃음을 터뜨렸다. 나는 식탁 옆에 놓인 거울에 얼굴을 비춰 보았다. 아뿔싸! 얼굴 전체에 하얗게 각질이 올라와 있었다. 로션을 못 바른 탓이었다. 나는 얼굴이 붉게 달아올랐다. 이유는 두 가지였다. 첫째는 로션을 못 발라 우스꽝스러워진 피부 때문이었고 둘째는 민아가 말한 '오빠'라는 호칭 때문이었다. 같은 집에서 생활한 지 꽤 됐지만 민아와 길게 대화해 본 적은 없었다. 그런 상황에서 느닷없이 '오빠' 소리를 들으니 좋으면서도 왠지 부끄러웠다. 남자 형제만 있는 나는, 중·고교 시절 남학교만 다닌 나는, 대학에서도 기계공학을 전공한 나는, 오빠라는 호칭에 약할 수밖에 없었다.

상차림을 마친 민아가 자신의 방으로 들어갔다.

'둘만의 오붓한 시간은 이렇게 끝나는 것인가.'

나는 못내 아쉬웠다. 하지만 기우였다. 얼마 뒤 민아가 다시 식당으로 돌아왔다. 손에는 로션을 들고 있었다.

"오빠, 이거 쓰세요. 얼굴 각질에 잘 듣는 로션이에요. 남녀 공용 제품이니까 쓰는 데 부담 없을 거예요."

민아가 내게 로션을 건넸다. 자세히 보니 그녀의 얼굴도 옅게 물들어 있었다. 거기서부터가 시작이었다. 우리의 풋풋한 사랑은…. 그로부터 이틀 뒤 나는 로션을 선물받았다는 구실로 민아에게 영화를 보여 주었다. 영화 감상 후엔 함께 밥을 먹었다. 식당에서 민아는 내게 피부 관리법을 알려 주었다. 다음 날부터 민아와 나는 자주 붙어 다녔다. 그렇게 우리는 가까워졌다.

사실 사랑하는 사이라고 하기엔 다소 무리가 있었다. 민아와 나는 연인이라기엔 밋밋하고, 우정이라기엔 좀 더 가까운 그런 사이였다. 나야 연인으로 발전하고 싶은 마음이 굴뚝같았다. 하지만 민아는 지나치게 모범적이었다. 교육자가 될 자신을 깔끔하게 관리했다. 스킨십은 물론 일정선 이상의 틈입은 허용하지 않았다. 한편으로는 섭섭했지만 그런 민아의 모습이 오히려 좋기도 했다. 그 정숙함이 왠지 믿음직스러웠다.

또 하나 고백하자면 그녀의 현실적인 조건도 마음에 들었다. 그녀는 교사직이 어느 정도 보장된 사범대학생이었다. 임용고시 통과도 그녀의 성실성으로 볼 때 문제없어 보였다. 그러니 민아는 미래가 꽤 탄탄한 편이었다. 그녀와 사귀면서 나는 그토록 싫어하던 기계공학 공부에 매달리기 시작했다. 당시 나는 그녀와의 결혼 생활까지 구체적으로 그렸다. 가정을 꾸리려면 안정적인 직업이 필요하다고 생각했기에 전공 공부에 올인했다. 결혼 후 나는 대기업 엔지니어로 민아는 중학교 선생님으로 살아가는 장밋빛 미래를 그려 보았다.

*

최 씨 작업을 돕고 집에 돌아오니 새벽 한 시다. 몸은 피곤하지만 정신은 가뿐하다. 승소 문자의 환희가 아직 가시질 않았다. 쉽사리 잠을 이룰 수 없을 것만 같았다. 내일도 오후조 근무라 조금 늦게 자도 된다. 나는 의자에 걸터앉아 케이블 TV를 틀었다. 낚시 방송이 나오고 있었다. 방어가 제철을 맞았다고 했다. 방어의 영양 가치, 낚시 요령, 회 뜨는 법에 대한 설명이 이어졌다. 그럭저럭 볼만했지만 딱히 재미있지도 않았다.

나는 시선을 돌려 노트북을 바라보았다. 초록색 USB가 꽂혀 있었다. 코스나 디자인 공모전에 응모한 지원자들의 출품작을 모아 놓은 USB. 심판회의 전날, 잠이 오질 않아 뒤척이며 USB 자료들을 훑어봤었다. 그땐 꽤 의미심장한 기분으로 봤다. 지금은 다르다. 편한 마음으로 볼 수 있을 것 같다.

나는 USB 파일을 열었다. 스포티한 느낌의 조끼와 다양한 색감의 여행 가방이 좌악 펼쳐졌다. 지원자들은 이 출품작들을 디자인하며 얼마나 많은 땀을 흘렸을까. 얼마나 코피를 흘리며 노력을 쏟았을까. 나 또한 공모전 출신이기에 그들의 처지를 헤아릴 수 있다. 차이가 있다면 나는 공모전을 통해 취업에 성공했고, 그들은 아무것도 얻지 못했다는 것이다. 무슨 말이냐고? 코스나 디자인 공모전에서는 당선자를 내지 않았다는 얘기다. P사에선 실컷 공모전을 개최해 놓고 '당선작 없음'이라는 결과를 발표했다.

　　몇몇 눈에 띄는 응모작은 있었으나 기성 제품군의 틀에
서 크게 벗어나지 못한 느낌이었고, 회사의 디자인 방향과도 맞
지 않기에 '당선작 없음'으로 처리합니다.

　이것이 심사평이었다. 응모작들이 별로여서 당선작을
내지 않았다는 건데, 아쉽긴 하지만 시비를 걸긴 힘든 심
사평이었다. 그러나 이후가 문제였다. 공모전이 끝난 뒤
P사는 응모작 중 괜찮았던 디자인들을 코스나 브랜드에
삽입하기 시작했다. 명백한 표절이었다. 나도 회사 측 지
시에 따라 지인가들이 디자인을 베끼는 데 동참했다. 디
자인 팀장이 구체적인 가이드라인을 줬다. 물론 잘못된
행동이었다. 하지만 회사의 방침이 그러했기에 반기를
들지 못했다. 그렇게 P사는 몇몇 출품작을 표절해 상품화
했다.
　특히 신솔희 지원자의 하마 모양 여행 가방은 정말 제
대로 베꼈다. 전체를 하마 윤곽으로 구성한 뒤 물방울 지
퍼를 단 것까지 똑같았다. 이는 한창희 전무의 내연녀 명
희진의 작품이었다. 그녀는 디자인실에 오자마자 사고를
쳤다. 군데군데 포인트를 주며 변화를 시도하긴 했으나,

명희진은 표절 시비를 피할 만큼의 역량은 없는 디자이너였다. 원작자가 보기에 바로 표가 났다. 신솔희는 P사에 항의 전화를 걸어왔다. P사는 '표절의 증거를 대라'며 뻔뻔하게 맞받아쳤다. 그러자 신솔희는 '소송하겠다'며 길길이 날뛰었다. P사는 콧방귀도 뀌지 않았다. 디자인 표절은 증거를 잡아내기가 쉽지 않다. 그걸 P사는 간파하고 있었다. 또한 디자인 소송은 재판 일정이 지루한 편이다. 만약 패소할 경우 피해자는 물적·정신적 손해도 감수해야 한다. 결국, 신솔희는 소송을 접었다. 이후 항의 전화만 몇 번 더 하면서 울분을 삭였다. 그중 한 번은 내가 항의 전화를 받았다. 나는 회사에서 알려준 매뉴얼대로 발뺌을 했다. 나도 공범이나 마찬가지였다. 그렇게 진 마음의 빚은 늘 심장 한편을 짓누르고 있다. 하지만 이젠 벗어 버려야 한다. 신솔희의 아픔은 신솔희가 알아서 해결할 일이다. 나는 곧 회사 디자인실에 복귀한다. 무뎌진 디자인 감각을 되살리는 데에만 집중해도 시간이 모자랄 판이다.

나는 초록색 USB를 다 살펴본 뒤 눈을 끔뻑이며 책꽂이 쪽을 바라보았다. 캐드와 라이노 교재가 꽂혀 있었다. 학원 다닐 때 공부하던 교과서들이다. 현직에서 제품디자인을 할 때도 틈틈이 챙겨 보던 참고서였다. 한동안 내 눈에서 멀어졌던 ― 멀어질 수밖에 없었던 ― 소중한 책들. 나는 오랜만에 그 교재들을 펼쳐 보았다. 차라락, 캐드 교재를 넘기면서 나는 신기한 경험을 했다. 페이지 속 글자들과 이미지들이 살아 움직이는 듯했다. 내가 제품 디자인 업무에 얼마나 목말라 있었는지 새삼 느낄 수 있었다. 나는 책을 훑어보며 희열에 가까운 해방감을 맛보았다.

캐드에 이어 라이노 교재를 펼쳤다. 3D응용모델링 부분을 읽고 매뉴팩처링 디자인 챕터 쪽으로 넘어가려던 시점이었다.

카톡!

효과음이 울렸다.

'누구지 이 시간에?'

화면을 확인해 보니 공 코치였다.

― 아까 본사에서 회의하느라 전화를 못 받았어요. 승소했다면서요? 본사에서 사람들이 수군대는 소릴 들었어요. 축하!

내내 연락이 안 되더니…. 공 코치는 이제야 부재중 전화를 확인한 모양이었다. 나는 곧바로 공 코치에게 답변을 보냈다.

― 고마워요. 공 코치님이 응원해 준 덕분이죠. 그런데

본사 분위기는 어때요?

가장 궁금한 부분이었다. 직원들이 수군댈 정도면 내 승소 소식은 이미 본사 전반에 퍼졌을 것이다. 카톡! 공 코치가 3분 후 답변을 보내왔다.

— 글쎄요. 저도 정확한 분위기는 몰라요. 그래도 본사 윗사람들은 애간장 좀 타겠죠.

공 코치의 카톡에 나는 웃음이 터졌다. 곧바로 공 코치의 다음 메시지가 이어졌다.

— 분위기상 본사에서 곧 강 선생님을 호출할 것 같아요. 좋은 소식 있길 바라요. 쉬세요.

공 코치는 오후 내내 본사에 있었나 보다. 그러면서 어떤 분위기를 감지한 모양이었다. 생각보다 본사의 움직임이 빠른 듯했다. 복직도 예상보다 빨라질 것 같은 느낌이었다. 나는 머리가 환해짐을 느꼈다. 공 코치와 직접 통화하고 싶었으나 그냥 참기로 했다. 그는 내일 아침 일찍 출근해야 한다. 오후에 출근하는 나와는 다르다. 나는 마지막으로 '공 코치님도 편히 쉬세요'라는 카톡을 보낸 뒤 휴대폰을 내려놓았다.

마음이 싱숭생숭했다. 다시금 라이노 교재를 펼쳐 보았으나 더는 눈에 들어오지 않았다. 책을 접어 책꽂이에 넣었다. TV 쪽으로 시선을 돌렸다. 낚시꾼들이 방어를 김치에 싸먹는 장면이 나오고 있었다. 역시 큰 흥미는 생기지 않았다. 계속 보다 보면 잠잘 때를 놓칠 수 있기에. 활기찬 내일을 위해 TV를 끄고 자리에 누웠다.

*

다음 날 아침이 밝았다. 공 코치의 카톡 내용이 맞았다. 일찍부터 이정구 본부장의 호출이 있었다. 지방노동위원회 판정 결과에 대해 상의할 일이 있다고 했다. 정오까지 본사로 들어오라고 했다. 나는 오전 내내 방에서 컴퓨터를 하며 시간을 보낸 뒤 천천히 본사로 향했다.

본사 중앙 사무실로 들어섰다. 정면에 놓인 사내 게시판이 눈에 들어온다. '대기업 M사와 업무 제휴 양해각서(MOU) 체결을 앞두고 있다'는 신문기사가 붙어 있었다. P사가 M사와의 업무 협약에 얼마나 심혈을 기울이고 있는지 짐작할 만한 상황이었다. P사는 대기업과의 협약을 발판으로 코스닥 상장까지 염두에 두고 있었다. M사는 굳이 하위 업체인 P사와 협약할 이유가 없었다. 대기업이기에 마음만 먹는다면 명품 브랜드와도 얼마든지 제휴가 가능했다. 그런데 왜 P사와 접촉했을까. M사는 일감 몰아주기 및 기술 탈취 혐의가 연달아 불거지며 언론의 집중 포화를 맞고 있는 상황이었다. 궁지에서 탈피하기 위한 카드가 P사와의 업무 협약이었다. '우리는 열린 기업이다' '중소업체와도 동등한 협약을 맺는 인간적인 기업이다' 이렇게 이미지를 세탁하기 위한 생쇼였다.

그랬거나 어쨌거나 P사와 M사 간 업무 제휴가 일어난다는 건 코스나 디자인실 복귀를 앞둔 내 입장에서 나쁘지 않은 뉴스였다.

똑똑!

나는 본부장실 유리문을 두드렸다. 신문을 읽고 있던 이 본부장이 들어오라고 손짓했다. 나는 어깨를 최대한 펴고 당당한 걸음으로 사무실에 들어갔다. 이 본부장이 은근한 표정으로 내게 악수를 청했다. 나는 여유롭게 그의 손을 잡았다. 악수를 마친 이 본부장이 직접 녹차를 끓여 내왔다.

"자, 차 한잔 들지."

이 본부장이 내게 찻잔을 내밀었다. 약간 감격할 뻔했다. 나를 모함하고 내쫓을 때는 그렇게도 표독스럽더니 지금은 완전히 딴사람이 돼 있었다. 나는 녹차를 한 모금 마신 뒤 입을 열었다.

"생각보다 일찍 호출하셔서 좀 놀랐어요. 곧 연락이 있을 거라 예상은 했지만요."

"그래. 이런 일은 빨리 입장 표명을 하는 게 서로에게 좋지."

"그렇죠."

"자네도 어제 지방노동위원회로부터 문자를 받았겠지만 우리도 문자를 받았어. 자네의 손을 들어줬더군."

이 본부장이 떨떠름한 표정으로 말했다. 그의 얼굴을 보며 나는 다시금 통쾌함을 느꼈다. 하지만 표정을 숨기며 "네, 그랬더군요"라고 담담하게 말했다. 이 본부장이 찻잔을 만지작거리며 말을 이었다.

"우리도 이런 경우는 처음이어서 좀 당황하긴 했지."

당황? 나는 어이가 없었다. '너희는 고작 그 정도 일로 당황하는데, 목욕탕으로 발령받았을 때의 내 기분은 어땠겠냐'라는 생각 때문이었다. 그동안의 억울함이 새삼 목구멍까지 치솟아 올랐다. 하지만 불필요한 흥분은 일단 자제하기로 했다. 지금은 회사 측의 입장 표명을 듣는 게 우선이었다. 나는 이어지는 이 본부장의 말에 귀를 기울였다. 그런데 이상한 일이었다. 이 본부장은 오래도록 본론을 꺼내지 않았다. 쓸데없는 얘기만 주저리주저리 늘어놓았다. 친구와 골프 치다 어깨를 삐끗했다는 둥 겨울쯤 가족들과 미국 여행을 계획 중이라는 둥 내년 한국

프로야구는 하위권의 혼전이 예상된다는 둥 논점에서 벗어난 얘기만 쏟아냈다. 한동안은 가만히 그의 얘기를 들었으나 점차 짜증이 나기 시작했다.

"본부장님 죄송한데요. 지금 프로야구 얘기하려고 절 부르신 겁니까?"

참다못한 내가 이 본부장의 말을 막았다. 머쓱해진 이 본부장이 자세를 고쳐 앉았다.

"아니 뭐, 굳이 프로야구 얘기를 하려고 했다기보단,"

"……"

"그냥 부드럽게 대화를 풀어가려고 한 것뿐이야."

"……"

"거북한가?"

"아뇨. 거북하진 않습니다. 본부장님 입장도 이해합니다."

"그래, 고맙네."

"그런데 저 곧 스포츠센터로 출근해야 하거든요. 그래서…"

"그렇지. 그럼… 이제 본론을 말하겠네."

'본론'이라는 말에 나는 등을 바짝 세웠다. 언제쯤 복직을 시키려는지 궁금했다. 잠시 침묵이 흐른 후 이 본부장이 험험, 헛기침을 했다. 그러고는

"어때 목욕탕 일은? 재미있어?"

라고 물었다. 또다시 겉도는 얘기였다. 나는 맥이 풀렸다. 왜 빙빙 돌리며 쓸데없는 말만 늘어놓는지 이해할 수가 없었다. 나는 불만스러운 표정으로 이 본부장을 쳐다보았다. 그러나 그의 표정은 사뭇 진지했다.

"목욕탕 일 말이야. 그거 계속할 수 있겠느냐고?"

"!"

또다시 짜증이 났다. 그가 말장난을 하는 것만 같았다. 나는 정색을 하며 말했다.

"왜 계속 겉도는 말씀을 하시는지 모르겠군요. 오늘 만남의 목적은 목욕탕 얘기를 하자는 게 아닌 것으로 아는데요."

내 말에 이 본부장이 묘한 미소를 지었다. 작은 웃음이었지만 왠지 모르게 기분이 나빴다. 너는 그에게 휘말릴 수 없었다.

"본부장님, 죄송한데요. 이제 불필요한 얘긴 그만하시고 본론을 말씀해 주셨으면 합니다."

"허허, 불필요한 얘기라니. 지금 본론을 말하는 거잖아."

"본론이라니요?"

"그래 이게 본론이야. 목욕탕에서 일하는 사람한테 목욕탕 일이 어떠냐고 묻는 게 본론이지 또 다른 본론이 뭐가 있나."

이 본부장이 비웃는 듯한 표정으로 말했다. 어이가 없

어 말이 안 나올 지경이었다. 사람 불러다 놓고 이게 뭐 하는 짓거리인가 싶었다. 하지만 흥분은 자제하기로 했다. 감정을 부풀려 봐야 나만 손해니까. 나는 앞에 놓인 녹차를 다시 한 모금 마신 뒤 말투를 조금 낮췄다.

"물론 본부장님 말씀도 맞습니다. 전 지금 목욕탕 청소 직원이지요. 하지만 복직 판정이 났잖아요. 그러니 그 얘기를 하시는 게….."

"아니, 아니. 잠깐만!"

내 말이 끝나기도 전에 이 본부장이 말을 막았다. 그러고는 내 눈을 쏘아보듯 쳐다보았다.

"그건 그냥 문자 판정일 뿐이야."

"네?"

"문자 판정일 뿐이라고."

"어찌 그런 말씀을?"

"우린 문자 내용과 상관없이 자넬 복직시키지 않기로 했어."

"뭐라고요?"

"복직시키지 않고 그냥 두고 보기로 했다고."

"그, 그게 무슨….."

"그러니 목욕탕 일 계속하고 싶으면 계속 남아서 일을 해 보라고. 우린 최대한 시간을 끌어볼 테니까."

말을 마친 이 본부장이 여유 넘치는 표정으로 팔짱을 꼈다. 나는 그의 태도를 이해할 수가 없었다. 내가 이겼다는 문자가 날아온 상황이었다. 그런데 이 본부장 저 인간은 무슨 개풀 뜯어먹는 소리를 하고 앉아 있는 건지 모를 일이었다. 붉으락푸르락하는 내 얼굴을 보며 이 본부장이 말을 이었다.

"강기웅, 자네 말이야. 자꾸 '복직, 복직' 노래를 부르는데."

"……"

"아직 정식으로 복직 명령이 떨어진 건 아니잖아. 지금은 구제신청 결과만 문자로 온 상태잖아. 공식적인 효력은 노동위원회 판정서가 우편으로 도착해야 발생하는 거라고."

"그야… 그렇죠."

"알아보니 판정서가 우편으로 도달하는 데만도 한 달이 걸린다더군. 판정서를 받은 뒤에도 '이 판정서를 받은 후 30일 이내로 복직시키라'는 식으로 준비 기간을 준다고 하고. 그러니 우린 앞으로 두 달가량 자네의 복직을 합법적으로 미룰 수 있다고."

이 본부장의 말을 들은 나는 씁쓸함을 감출 수가 없었다. 회사에서 이런 식으로 나오리라곤 상상조차 하지 못

했다. 하지만 여기서 밀릴 순 없었다. 이미 노동법은 내 손을 들어 준 상태였다. 내가 약해질 이유는 결코 없었다.

"그러시면 그렇게 하세요. 두 달 정도 기다렸다 복직하는 건 문제없어요."

나는 억지로 여유 있는 표정을 지으며 맞섰다. 내 말을 들은 이 본부장이 조롱하듯 말했다.

"기다렸다 복직한다고? 과연 그렇게 될까. 우린 중앙노동위원회에 재심을 신청하기로 했어. 거기서도 패할 경우 행정소송으로 갈 거야. 1심, 2심, 대법원까지 가기로 내부방침을 세웠어. 대법원까지 가면 기간은 2년 이상 걸릴 수도 있다더군."

"그, 그게."

"허투루 하는 말이 아니야. 자네가 제기한 부당전직 구제신청이 합법이듯, 우리가 지금 하려는 조치도 합법이야. 자네 노무사한테 확인해 봐."

"……"

"아무튼 대법원 판결이 날 때까지 자네 복직은 없을 거네. 그러니 앞으로 2년 동안 목욕탕에서 일하면서 회사와 싸울 거면 그렇게 하도록 해."

말을 마친 이 본부장이 찻잔을 만지작거렸다. 나는 온몸에 힘이 빠졌다. 이 미친 짓을 2년이나 더 해야 한다니…. 답답함이 몰려왔다. 중앙노동위원회와 법원으로 사건이 이어지는 동안 회사 측은 지금보다 훨씬 더 표독스럽게 날 괴롭힐 것이었다.

"만약 2년 뒤 대법원에서까지 자네가 이긴다면."

"……"

"그때는 어쩔 수 없이 복직을 시켜야겠지. 근데 말이야."

"……"

"제품디자인 일이라는 게 그리 만만치 않을걸. 목욕탕 청소하느라 2년을 허비하면 있는 감각 없는 감각 다 죽어 버리지 않겠나?"

인다깝지만 이 본부장의 말은 사실이었다. 나시금 말하지만 디자인은 감각이다. 석 달 쉬어도 제 감각 찾기가 힘든데 2년이라면…. 나는 난감함에 고개를 숙였다. 이 본부장은 승기를 잡았다고 판단한 듯 그제야 말투를 누그러뜨렸다.

"이봐요. 강기웅 씨."

"네…."

"물론 자네가 답답한 건 알아. 억울하다고 생각할 수도 있겠지."

"……"

"하지만 오너 입장도 생각을 좀 해 보라고. 직원에게 항복하고 인사명령을 거둔다면 회사의 권위는 어찌 되겠나. 자네가 오너라면 그런 상황을 묵묵히 받아들이겠나."

"……"

"이 사람아. 세상 살면서 어떻게 하고 싶은 말 다 하고 자기 권리 모두 찾으며 살겠나."

"그, 그게."

"적당히 타협하는 것도 인생의 지혜야. 우리가 뭐 원수를 졌다고 이렇게 싸워야 하나. 그래도 우린 한솥밥 먹던 사이가 아닌가."

"……"

나는 할 말이 없었다. 그저 이 상황이 안타까울 뿐이었다. 이 본부장이 내 어깨를 두드리며 다시 입을 열었다.

"자자, 그래서 말인데."

"……"

"그동안 자네가 마음고생한 것도 있고 하니까."

"……"

"우리도 위로금 액수를 좀 늘릴까 하네."

"위로금이라면…."

"더는 트러블 일으키지 않고 그만둔다는 조건으로…."

"?"

"두 달 치 월급을 위로금으로 지급할까 하네."

"……"

이 본부장의 제시액을 들은 나는 또다시 입을 다물었다. 역시 P사는 구두쇠였다. 2년이나 싸워야 한다는 말에 잠깐 전의를 상실했던 나였다. 그래서 적절한 위로금을 제시한다면 타협할 의향도 약간은 있었다. 그런데 두 달 치 월급이라니, 전에 제시했던 한 달 치보다야 올랐지만 일반적인 사직 위로금치고는 작은 액수였다. 게다가 노무사 수임료와 그간의 매몰비용을 제한다면 기존에 제시했던 한 달 치보다 많을 것도 없었다. 나는 뭐라 답할 말을 찾지 못 한 채 눈길을 아래로 떨어뜨렸다.

"우리가 제시할 수 있는 위로금은 그게 최대치야. 네고의 여지는 없어. 그러니 잘 생각해 봐. 그리고 최대한 빨리 답변을 줘."

이 본부장은 협상의 여지를 주지 않고 말을 끝냈다.

*

면담을 마치고 밖으로 나오니 머리가 어질어질했다. 느닷없이 역전된 작금의 상황을 받아들일 수가 없었다.

나는 신현우 노무사에게 연락해 자초지종을 설명했다. 얘기를 들은 신 노무사가 탄식을 했다.

"에이, 참… 회사가 정말… 지저분하게 나오네요."

그의 볼멘소리를 듣자 나는 더욱 답답해졌다. '무슨 대책이 없겠느냐'는 내 질문에 신 노무사는 '좀 더 고민을 해 보자'는 원론적인 답변만 했다. 그나저나 궁금한 게 있었다. 어쨌든 지방노동위원회에선 내 손을 들어 준 상태였다. 그걸 맘대로 안 따를 수도 있는 것인가. 나는 회사 측의 태도를 이해할 수가 없었다. 내 질문을 들은 신 노무사가 가라앉은 말투로 설명을 시작했다.

"일단 명령을 따라야 하긴 해요. 회사 측이 상급기관에 재심을 신청한다 하더라도 우선은 강기웅 씨를 복직시켜야 하는 게 맞아요. 그런 다음 재심에 가든지 법원에 가든지 해야 하죠."

"그런데요?"

"하지만 지금 회사 측은 이행하지 않고 '배째라'식으로 가겠다는 것 같네요."

"아니 어떻게 그럴 수가…. 그렇다면 노동부에서 뭔가 제재를 가하지 않나요?"

"물론 제재가 있죠."

"그게 뭔데요?"

"이행강제금이란 것을 부과하죠. 그런데 그게…."

신 노무사가 말끝을 늘어뜨렸다. 노동법상 뭔가 답답한 구석이 있는 모양이었다.

"부당전직의 경우 이행강제금은 통상적으로 200만 원 정도 나와요. 2년간 최대 부과할 수 있는 횟수도 4번 정도고요. 그러니 회사 입장에서야 푼돈이죠. 솜방망이 처벌이에요."

"아…."

"부담스러울 정도로 이행강제금 액수가 높다면 회사 측은 금액이 무서워서라도 복직을 시키겠죠. 하지만 200만 원보다 더 때린다고 해도 최대 500만 원을 넘지 못해요. 500만 원 부과하는 경우도 드물고요. 현행법상 부당전직 이행강제금은 약한 면이 있어요."

"아니, 무슨 법이…."

"회사 측은 근로자에게 굴복해 복직시켰다는 사례를 남기고 싶지 않겠죠. 그러니 이행강제금 몇 백 내더라도 복직을 안 시키겠다는 거예요. 이후 시간 질질 끌면서 강기웅 씨를 괴롭히겠다는 심산이죠. 지쳐 나가떨어지도록 말이죠. 정말 악질적이네요."

신 노무사도 분개했다. 그는 이후로도 몇 가지 설명을 계속했다. 하지만 더는 내 귀에 들어오지 않았다. 세상에

염증이 느껴졌다. 인간의 존재 가치 및 예술에 대해 논하던 대학 시절, 그때의 하숙방으로 돌아가고 싶었다.

*

개조 공사 이후 민아네 하숙집은 방이 8개로 늘어났다. 민아 어머니는 하숙생 유치에 적극적으로 나섰다. 얼마 후 7개의 방이 채워졌다. 남은 건 복도 구석에 자리한 쪽방뿐이었다. 민아 어머니는 남은 쪽방도 팔기 위해 애를 썼다. 하숙비도 저렴하게 다시 책정했다. 그래도 마지막 하숙생은 좀처럼 구해지지 않았다. 이미 학기가 중반 이상 흐른 상황이어서였다.

어쨌든 본격적으로 하숙을 치게 되자 민아 어머니는 상당히 바빠졌다. 민아도 엄마를 도와 잡일을 하곤 했다. 민아까지 바쁠 땐 나도 설거지와 청소를 거들었다. 그렇게 민아와 나는 알콩달콩 마음을 키워 나갔다.

남은 쪽방에 새 하숙생 N이 들어온 건 단풍도 끝물을 타던 어느 날이었다. 원래 가격보다 30% 이상 깎은 상태로 들어왔다. 그래도 민아 어머니는 방이 나간 것 자체를 기뻐했다. 하지만 민아는 불만이었다. 그녀는 새 하숙생

N을 마음에 들어 하지 않았다. '돈 버는 것도 좋지만 사람은 가려서 들이자'고 엄마에게 따지고 들었다. N은 인상이 지저분했다. 큰 키에 깡마른 체형의 그는 실밥이 드러난 거적때기 같은 남색 코트를 걸치고 있었다. 그뿐만 아니라 까칠한 수염 위에 광대뼈까지 심하게 튀어나와 있었다. 좋게 말하면 입체적인 인상이었고 나쁘게 말하면 광인(狂人) 같아 보였다.

N은 외모도 음습했지만 실제 성격도 예민했다. 항상 고뇌하는 모습이었으며 세상에 대해 냉소적이었다. 그런 이유 때문인지 하숙생들은 그와 가까이 지내려 들지 않았다. 나는 달랐다. 그에게서 웬지 모를 호감을 느꼈다. N이 미대생이었기 때문이었다. 그는 나보다 한 살 많았지만 재수를 해서 학번은 나와 같았다. 그는 폐 질환을 앓아 일찌감치 군 면제를 받았다. 그러나 친구들이 군대에 가 있는 동안 희희낙락하진 않았다. N은 미대 2학년을 마친 뒤 3년간 휴학을 했다. 휴학 기간 동안 뼈를 깎는 방황을 거듭했다고 했다. 이유는 '존재론적인 의미를 찾기 위해서'였다. 어찌 보면 오글거리고 현학적인 명제였지만, 그의 감상적 사치는 꽤나 난해했고 아픔이 있었다. 그는 사미승(沙彌僧)으로 절간에 있기도 했고 술집에서 웨이터를 하기도 했고 보험 영업사원으로 활동하기도 했다. 여

러 방황 끝에 그는 자신이 찾는 답이 그림에 있음을 깨달았다. 그리고 학교로 돌아왔다. 어찌 보면 돌고 돌아 제자리에 돌아온 셈이었다.

*

이 본부장과의 면담을 마친 나는 터벅터벅 스포츠센터로 이동했다. 출근길이지만 이미 몸은 천근만근이었다. 오늘 같은 날은 정말 아무것도 하고 싶지가 않았다. 그냥 누워만 있고 싶었다. 하지만 힘없는 노동자에게 그런 감상은 사치다. 엎친 데 덮친 격이랄까. 나는 스포츠센터 입구에서 전갈 문신과 마주쳤다. 전갈 문신은 나를 보자마자 한소리 했다.

"어이, 내 운동화는 찾아 놓았는가?"

여전한 반말, 나는 대꾸할 기분이 아니었다. 이미 사라진 운동화를 내가 어디서 찾는단 말인가. 나는 전갈 문신 앞에서 대답 대신 고개를 흔들었다. 인상도 심하게 구겼다. 전갈 문신이 조금 어이없다는 표정을 지었다. 손님 말에 대꾸도 없이 고개만 흔든다는 건 친절 봉사를 기치로 삼아야 할 목욕탕 관리직원이 해서는 안 될 행동이었다.

나는 했다. 될 대로 되라는 심정이었다. 예상치 못한 내 행동에 전갈 문신은 당황한 모양이었다. 그는 나를 못 본 척하며 서둘러 센터 내 골프연습장으로 들어갔다.

전갈 문신이 사라진 걸 확인한 나는 목욕탕 쪽으로 발걸음을 옮겼다. 오늘 하루가 엄청나게 길 것 같은 느낌이 들었다. 깊은 호흡을 내뱉은 후 목욕탕 출입문을 열었다. 입구에 들어서자마자 곧바로 앙칼진 음성이 날아왔다.

"이봐욧! 지금이 대체 몇 시요. 어디서 흐느적거리다 지금 출근하느냐고!"

서방준이었다. 시계를 보니 낮 1시 30분이었다. 이 본부장과 면담하느라 30분 정도 지각을 했다. 하지만 이건 꼬투리를 위한 꼬투리다. 내가 본사에 다녀온다는 걸 서방준은 분명 알았을 거다. 그런데도 저러는 거다. 어쩌면 '강기웅을 더욱 쪼라'는 회사 측 지시가 있었는지도 모르고.

"뭘 그리 멀뚱거리고 서 있어! 빨리 옷 갈아입고 빨래부터 수거해요!"

서방준의 목소리는 평소보다 더 날카로웠다. 그의 갈라진 음성이 내 심장을 사정없이 파고들었다. 서방준은 "에이 성질나!"라고 혼잣말을 지껄이고는 휴게실로 들어갔다.

'대체 언제쯤 이 시련이 끝날 것인가.'

나는 주먹을 부르르 떨었다. 순간, 서방준을 아예 죽여 버리고 싶다는 잔인함이 왈칵 일었다. 나는 라커 한편에 놓인 6kg짜리 아령에 시선을 모았다. 휴게실로 들어간 서방준은 구두닦이 조 씨와 오목을 둘 것이다. 저 아령을 들고 서방준 뒤로 침입해 녀석의 정수리를 찍어 버린다면? 모든 상황은 끝날 것이다. 서방준은 혀를 빼물고 즉사할 것이다. 정수리에서 터져 나온 그의 피가 사방으로 튈 것이다.

'안 돼, 정신 차려!'

나는 아령 쪽으로 다가가려는 다리를 두 손으로 힘껏 잡았다. 이마에선 진땀이 흘렀다. 두려움 때문이 아니었다. 마음에 일어나는 잔인함과의 갈등 때문이었다. 잔인함으로부터 날 구한 건 때맞춰 목욕탕에 들어온 공 코치였다. 그는 벌겋게 달아오른 내 얼굴을 본 뒤 걱정스레 말했다.

"강 선생님, 괜찮아요? 무슨 일이에요. 얼굴빛이 안 좋아요."

공 코치는 서둘러 나를 목욕탕 밖으로 데리고 나갔다. 휴게실에 있던 서방준이 빼꼼 고개를 내밀고 우리가 나가는 모습을 지켜보았다. 공 코치가 있어서인지 그는 별다른 제재를 가하지 않았다.

*

　공 코치와 나는 스포츠센터 인근 편의점으로 들어갔다. 공 코치는 내게 따뜻한 꿀차를 권한 뒤 자신은 스포츠음료를 집어 들었다. 우리는 편의점 내 간이테이블에 마주 앉았다. 할 말이 별로 없었다. 한동안 입을 다물고 각자 앞에 놓인 음료만 홀짝거렸다. 침묵이 어색해졌을 무렵 내가 먼저 입을 열었다. 나는 이 본부장과의 면담 결과를 공 코치에게 설명했다. 공 코치는 심각한 표정으로 내 말을 들어주었다. 그러고는 무겁게 입을 열었다.

　"강 선생님."

　"네."

　"제가 이런 말 한다고 이상하게 생각하진 마세요."

　"네, 말씀하세요."

　"제 판단으로는…."

　"……"

　"더 버티시는 건, 무리… 같아요."

　공 코치가 어렵게 의견을 밝혔다. 어찌 보면 서운하게 느껴질 수 있는 말이었다. 하지만 섭섭한 마음은 들지 않았다. 나를 생각해서 그런 의견을 피력한 것임을 아니까. 공 코치는 스포츠음료를 한 모금 들이킨 뒤 다시 입을 열었다.

"회사에서 시간 끌면서 괴롭히겠다고 공언을 한 상태라면 달리 답이 없을 것 같아요. 회사와 싸우느라 오랜 기간 디자인 작업을 쉬면 감각이 떨어질 것도 분명하고요. 그러니 현실을 생각해야죠. 지금 강 선생님은 세상을 바꾸기 위해 노동 투쟁을 하는 게 아니잖아요. 그저 개인적인 싸움이잖아요. 그러니 명분이 약하고 함께 싸워 줄 사람도 없고요."

공 코치의 말이 선명하게 날아와 귀에 콕콕 박혔다. 냉정히 들으면 그의 말이 맞았다. 하지만 내 머릿속은 너무나 혼란스러웠다. 지금 당장 뭔가를 결정할 순 없었다. 나는 뭐라 대답을 못한 채 꿀차만 마셨다. 그런 나를 공 코치가 진지한 표정으로 바라보았다.

"이쯤 했음 됐어요. 할 만큼 했다고 생각해요. 강 선생님 고생하시는 거 저도 더는 못 보겠어요."

말을 마친 공 코치가 마음이 아픈 듯 남은 스포츠음료를 벌컥벌컥 들이켰다. 그에게 별달리 할 말이 없었다. 그저 "미안해요"라는 말밖에는. 그러자 공 코치가 손사래를 쳤다.

"아니에요. 강 선생님이 나한테 미안할 게 뭐 있어요."

"그래도요."

"힘내세요. 아무튼 그 나름의 성과는 거뒀잖아요."

"성과는 뭐…."

"열심히 맞섰기에 회사에서도 위로금을 올려 주겠다는 거잖아요."

"그까짓 위로금이야 뭐…."

"물론 성에 차지야 않겠지만 구두쇠 회사를 상대로 위로금 올려친 것도 큰 성과예요."

공 코치가 내 손등을 두드려 주었다. 그는 회사와 싸우는 나를 보며 대전 스포츠센터에서 투쟁하던 과거 자신의 모습을 떠올렸던 것 같다. 그래서 지켜보기가 힘든 모양이었다. 그러나 당사자인 나는 더 힘들었다. 당장에라두 사표 던지고 싶은 마음이야 굴뚝같았디. 허지민, 하지만… 이런 불합리에 굴복한다면, 그리고 이런 일들이 반복된다면, 세상은 더욱 힘들게 변할 것이다. 개인의 억울함과 정당성을 호소할 곳은 점점 없어질 것이다. 지금까지의 노력이 아까워서가 아니었다. 교연(撟然)해야 할 노동 상식이 회사 측의 말도 안 되는 협박과 노동법의 약한 강제력으로 인해 무너진다는 게 허탈할 뿐이었다.

*

    꾸역꾸역 일을 하다 보니 어느덧 밤 11시가 되었다. 퇴근할 순 없었다. 어제에 이어 오늘도 최 씨와 여탕 환풍기 작업을 해야 했다. 남탕 밖으로 나오니 여탕 문 앞에서 있는 최 씨의 모습이 보인다.

    "저를 기다리셨어요?"

    "응, 그래. 매번 미안하네."

    "얼마나 걸릴까요?"

    "오래 안 걸릴 게야. 이번이 끝이야. 당분간 환풍기 점검은 없을 게야."

    최 씨가 사근사근한 말투로 말했다. 오늘은 휴게실 쪽 환풍기를 점검해야 한다고 했다. 나는 최 씨가 들고 있던 사다리를 받아들고 여탕에 먼저 들어갔다. 최 씨도 따라 들어왔다. 우리는 라커 중앙을 가로질러 휴게실로 향했다. 최 씨는 휴게실 초입에서 잠시 걸음을 멈추고 도구들을 챙겼다. 나는 휴게실 안으로 들어가 환풍기 아래에 사다리를 놓았다. 도구를 챙기던 최 씨가 내게 양해를 구했다.

    "어이, 미안한데."

    "왜요?"

"내가 장비를 몇 개 덜 챙겨왔거든."

"아…."

"시설팀에 내려갔다 올 테니 여기서 TV 보면서 잠시만 기다려줘."

"휴, 그러세요."

나는 한숨을 쉬며 대답했다. 오늘은 꽤 피곤한 날이었다. 빨리 집에 가 눕고 싶었다. 하지만 세상일이란 게 내 마음대로 되는 건 아니었다.

최 씨가 휴게실 밖으로 나갔다. 나는 휴게실 소파에 털썩 주저앉았다. 리모컨을 찾다가 곧 그만두었다. TV를 시청할 기분이 아니었다. 잠자코 앉아 있기로 했다.

어탕 휴게실 소파는 생각보다 안락했다. 앉아 있다 보니 호흡이 편안해지며 마음이 다소 가라앉았다. 주변 시설들도 다시금 눈에 들어왔다. 어제도 느꼈지만 휴게 공간은 확실히 여탕 쪽이 넓고 좋았다. 여자들은 이곳 휴게실에서 무슨 일을 하며 시간을 보낼까. 드라마 보며 수다 떨기? 부동산 정보 주고받기? 삶은 달걀 까먹기? 휴게 공간이 넓기에 여자의 목욕 시간이 남자보다 긴 걸까.

그동안 나는 여자들의 머리가 길기 때문에 목욕 시간도 긴 것으로 생각했다. 어릴 때 나는 가족끼리 목욕탕 가는 걸 질색했다. 남자끼리 목욕을 마친 후에도 여탕 앞에서 어머니가 나오길 30분 넘게 기다려야 했으니까. "아빠, 여자들은 왜 항상 늦게 나와요?"라는 내 질문에 아버진 "여자들은 머리가 기니까 감는 데 오래 걸려서 그래"라고 답변하시곤 했다.

*

당연한 말이지만 머리가 길면 감는 시간도 오래 걸린다. 하숙집 미대생 N도 머리가 상당히 길었다. 그에 비례해 수염도 길었다. 평소 그는 머리를 잘 감지 않았다. 어쩌다 한번 감을라치면 세면장을 전세 낸 듯 오래 사용했다. 그가 머리 감는 장소는 세면장에 국한되지 않았다. 고수부지에서 소주를 마시다 한강에 머리를 담그기도 했고 콘크리트 바닥에 누워 장마철 장대비에 머리를 적시기도 했다. N은 좋게 말하면 자유로운 영혼이었고 나쁘게 말하면 대책 없는 낭만주의자였다. 나는 그의 기행(奇行)에 묘한 매력을 느꼈다. 현실 때문에 꿈을 접은 나는 N의 거침없는 행동을 보며 일종의 해방감 같은 걸 느끼곤 했다.

나는 그와 수시로 어울렸다. 자주 동동주를 기울였고 미술 전시관도 찾았다. 우린 미술에 대해 많은 얘기를 나녔다. N은 폴 고갱을 숭배한다고 했다. 고갱처럼 살고 싶다고 했다. 자유를 희구하는 N의 낭만주의적 성향은 증권중개인으로 일하다 모든 걸 버리고 붓을 잡은 고갱의 그것과도 묘하게 닮아 있었다. 하지만 나는 고갱을 좋아하지 않았다. 『달과 6펜스』를 읽은 뒤 고갱의 철저한 이기주의에 치를 떨었기 때문이었다. 『달과 6펜스』엔 소설적 요소가 가미돼 있다는 걸 감안하더라도, 싫은 건 싫은 거였다. 물론 고갱의 그림 솜씨만은 나도 인정했다. 그러나 고갱보다 더 인정하고 좋아했던 건 초현실주의 예술가들이었다. 살바도르 달리, 르네 마그리드, 막스 애른스트 등이 그들이다. 자유로운 상상력과 확장성으로 세상을 도발한 그들의 천재성을 나는 존경했다.

N은 초현실주의보다는 상징주의와 종합주의를 결합한 화풍에 더 끌린다고 했다. 하지만 상징적인 그림을 그리는데 별 소질이 없어 고민이라고 했다. 상징적인 표현보다는 사실적인 묘사에 훨씬 강하다는 게 N의 설명이었다. 상징주의와 사실주의라는 극과 극 성향 사이에서 갈등하는 그를 보며 공대와 미대 사이에서 방황하던 나를 보았다. 어쨌든 괴짜인 N은 사회에 대해선 수동적이고 냉소적이었으나 그림에 있어서 만큼은 능동적이고 욕심도 많았다. 그와 미술에 관한 얘기를 나누다 보면 몇 시

간이 훌쩍 지나가 버리곤 했다.

민아는 내가 N과 가깝게 지내는 것이 늘 불만이었다.

"기웅 오빠, 그 사람이랑 어울리지 마. 좋은 사람이 아닌 것 같아. 지저분하고 세상에 대해 너무 삐딱하잖아."

민아의 심정도 이해는 갔다. 반듯하고 교과서적인 삶을 지향하는 그녀였다. 그러니 무질서하고 투박한 N의 모습이 마음에 들지 않았을 것이다. 나는 민아가 조금 달라졌으면 하고 바랐다. 세상엔 다양한 삶의 방식이 있다는 걸 넓은 마음으로 받아들였으면 했다. 민아의 경직된 모습은 가끔 숨 막힐 때가 있었다. 우리는 갈수록 친구가 아닌 연인에 가까워지고 있었지만 다른 커플들에 비해 진행 속도가 더뎠다. 길을 걸을 때 팔짱이나 겨우 끼는 정도였다. 내 생일에 조르고 졸라 겨우 받은 게 볼 뽀뽀였다. 제대로 된 키스는 시도조차 해 보지 못했다.

나는 N과 술자리를 할 때면 일부로라도 민아를 합석시켰다. 민아가 좀 더 열린 태도를 가졌으면 하는 바람 때문이기도 했지만 미술에 대한 내 열정을 알아줬으면 하는 마음 때문이기도 했다. 안정된 미래를 위해 공학 공부에 매진하고는 있으나 내 마음은 언제나 미술로 향해 있다는 걸 그녀에게 어필하고 싶었다. 민아는 N과의 술자리를 달가워하지 않았다. 그러다 보니 N도 민아 앞에선 조심스럽게 행동했다. 그래도 몇 번 술자리를 하다 보니 둘 사이의 어색함은 조금씩 사라지는 듯했다. 어느 날 술자리에서 민아는 자기 머리띠를 N에게 선뜻 빌려주기도 했다. N의 긴 머리가 바닥에 흐트러져 술에 젖었기 때문이었다.

*

최 씨는 아직 돌아오지 않았다. 휴게실 소파에 앉아 있다 보니 소변이 마려웠다.

'남탕 화장실로 갈까, 여탕 화장실로 갈까?'

나는 잠시 고민했다. 그런데 고민하고 말 것도 없었다. 현 위치에서 가까운 화장실을 쓰면 그만이었다. 여탕에 와 있는 지금, 남탕 화장실은 너무나 멀다. 나는 소파에서 일어나 여탕 화장실로 향했다. 라커룸이 넓어서인지 가까운 줄 알았던 여탕 화장실도 꽤 걸어가야 했다. 수면실과 회원사물함을 지나니 화장실이 나왔다. 화장실에 들어가려던 나는 잠시 멈칫했다. 안에서 인기척이 났다.

'누구지? 손님이 없을 시간인데.'

나는 화장실 문에 가까이 다가섰다. 문이 약간 열려 있었다. 긴장감을 누르며 화장실 문틈을 들여다보았다. 그런데 저게 누구인가. 화장실 안에 최 씨가 있었다.

'어, 저기서 뭐 하시는 거지?'

이상했다. 최 씨는 추가 장비를 챙기러 시설팀에 다녀온다고 했다. 벌써 다녀온 걸까. 아니다. 거리상으로 시간이 안 맞는다. 그렇다면 그는 왜 여탕 화장실에 있는 걸까. 나는 숨을 죽이며 최 씨의 모습을 관찰했다. 최 씨는 주변을 두리번거리다 변기 칸 끝에 있는 청소도구함 쪽으로 이동했다. 그러고는 도구들 사이에서 검은 봉투를 꺼냈다. 나는 마른 침을 삼키며 최 씨를 지켜보았다.

부스럭.

최 씨가 봉투 속에서 물건을 꺼냈다.

'저, 저건!'

나는 깜짝 놀랐다. 그것은 운동화였다. 전갈 문신이 '찾아내라'고 난리 치던 80만 원짜리 발렌시아가 운동화. 범인은 최 씨였다. 나는 참을 수가 없었다. 화장실 문을 벌컥 열어젖혔다.

"엇!"

최 씨가 놀란 눈으로 나를 쳐다보았다.

*

　최 씨와 나는 탕비실 간이의자에 나란히 앉았다. 내 앞에는 최 씨가 훔친 발렌시아가 운동화가 덩그러니 놓여 있었다. '남탕 정비 작업을 하던 중 라커 위에 놓여 있는 운동화를 보자 욕심이 생겼다'는 게 최 씨의 자백이었다.

　"처음부터 훔치려던 건 아니야. 그런네… 집자기 막내 아들 놈이 생각나더라고. 갖다 주면 얼마나 좋아할까 하는 생각에…. 어이구, 내가 잠시 미쳤던 것 같아. 정말 미안하네. 면목이 없네."

　최 씨가 고개를 수그렸다. 나는 표정을 풀지 않았다. 좀처럼 상한 기분이 나아지질 않았다. 이 운동화 때문에 전갈 문신에게 당한 수모를 생각하면 최 씨에게 소리라도 지르고 싶은 심정이었다. 그러나 현장을 들킨 후 납작 엎드린 노인네에게 매정하게 굴기도 어려웠다. 나는 그저 휴우, 한숨만 내쉬었다. 최 씨가 걱정스러운 표정으로 내 눈치를 살폈다.

　"어떻게 할 건가. 돌려… 줄… 건가?"

　최 씨의 물음에 나는 답변할 말을 찾지 못했다. 이 운동화를 어떻게 처리해야 할지 갈피가 잡히지 않았다. 전갈 문신에게 돌려 준다 해도 좋은 소리는 나오지 않을 듯했다. 어디서 찾았냐, 누가 가져간 거였냐, 꼬치꼬치 캐물을

게 뻔했다. 인정상 최 씨를 범인이라고 폭로하기도 쉽지
않았다. 고민하던 나는 결정을 내렸다.

"저기요, 그냥⋯."

"?"

"아저씨 가지세요."

"정말⋯ 인가?"

"지금 돌려줘 봐야 뭐하겠어요."

"그, 그래도⋯."

"그냥 가지세요. 이미 그 조폭 녀석한테 욕은 욕대로
다 먹은 상황인데요. 뭘."

"가, 가져도 될까."

"가지세요. 대신,"

"응, 말하게."

"앞으론 절대 고객 물건에 손대지 마세요."

"아, 알았네."

대답을 마친 최 씨가 내 손을 덥석 잡았다. 그러고는
'고맙다'며 연신 내 손을 만지작거렸다. 이후 자신의 바지
주머니에서 뭔가를 꺼냈다.

"내가 고마워서 그러니⋯."

"?"

"이거라도 좀 받아 주게."

최 씨가 내민 건 아직 뜯지 않은 말보로 담배 한 갑이었다. 나는 피식 웃음이 나왔다. 80만 원짜리 운동화 절도를 눈감아 주는 대가로 바치는 뇌물(?)치곤 소박했다.

"됐어요. 그냥 아저씨 태우세요. 저 담배 끊었어요."

나는 머리를 저으며 거절했다.

"부탁이야. 별거 아니니 그냥 받아 주게."

최 씨는 어떻게든 담배를 쥐어 주려 했다. 내가 눈감아 줬다는 증거를 그렇게라도 상징적으로 남기고 싶은 듯했다. 그의 소박한 바람을 알아차린 나는 더 뻗대지 않고 담배를 받았다. 담배를 받네 못 받네 실랑이할 여력도 별로 없었다.

*

집으로 돌아오니 또다시 새벽 한 시다. 나는 옷도 갈아입지 않고 침대에 벌렁 누웠다. 생각을 정리해야 했다. 머릿속엔 두 가지 생각뿐이었다 — 회사를 그만두느냐, 계속 투쟁하느냐.

투쟁은 엄두가 안 났다. 아니 투쟁은커녕 가만히 버티는 것조차 힘들 듯했다. 나를 몰아내기 위한 회사 측의 압박은 갈수록 더 심해질 게 분명했다. 부당전직 노동자가 겪는 심적 고초는 상상을 초월한다. 세상은 '부당해고'에 대해선 관심을 갖지만 '부당전직'에 대해선 별다른 관심을 주지 않는다. 하지만 부당전직도 부당해고만큼이나 고통스럽다. 부당전직 노동자는 어느 것 하나 수월한 게 없다. 부당해고 노동자는 회사 밖에서 눈치 안 보고 투쟁할 수 있고 그러다 복직되면 해고 기간의 급여까지 소급해 받을 수 있다. 이에 반해 부당전직 노동자는 회사에 다니면서 싸워야 한다. 회사와 등을 진 직원에게 사측은 절대로 편안한 근무 환경을 제공하지 않는다. 사내 왕따, 부당한 업무량, 각종 트집 등으로 직원을 괴롭힌다.

부당전직에 반발해 출근을 거부하며 싸우려는 사람도 있다. 이는 무리수다. 출근을 거부할 경우 회사 측에선 '무단결근'을 문제 삼아 해고 사유를 만들기 때문이다. 부당전직은 이래저래 노동자의 몸과 마음을 황폐하게 한다. 부당전직 구제신청을 중도에 포기하고 사표 던지는 노동자가 적지 않은 이유가 여기에 있다.

나는 다시 생각해 본다. 회사를 그만두느냐 계속 버티느냐. 사실상 답은 정해져 있었다. 때려치운 다음 새 일자리를 찾는 게 깔끔했다. 새 직장에선 제품디자이너 일을 못 할 수도 있었다. 그래도 어디서 뭘 하든 서방준 같은 놈한테 괴롭힘당하며 목욕탕 청소하는 것보단 나을 게다.

그래 그만두는 거다. 그것이 쉽게 가는 방법이요, 만사 편한 길이다. 하지만 가슴 한구석을 무겁게 짓누르는 떨떠름함이 남았다. 이대로 그만두는 건 너무 분하다는 생각이 무슨 한(恨)처럼 나를 잡아끌었다. 거듭 말하지만 나는 회사에 잘못한 게 아무것도 없었다. 심판회의에서도 이겼다. 그런데도 회사 측의 부당한 압력에 굴복해 그만둬야 하다니, 너무 억울했다.

'아아.'

머리가 너무 복잡했다. 나는 눈을 감았다. 억지로라도 잠을 청해 보았다. 그러나 잠들기엔 가슴이 너무 시렸다.

*

민아와의 헤어짐도 그렇게 가슴이 시리고 아팠다. 지금도 그 생각을 하면 마음 한구석이 휑하다. 새 학기가 시작되면서 민아와 나는 약간 소원해졌다. 민아는 임용고시 준비 등으로 바빴고 나 또한 취업을 위해 전공 공부와 영어에 매달리고 있었다. 그렇다고 민아에 대한 열정이 식은 건 아니었다. 아니 오히려 더 타올랐다. 내가 취업 준비에 힘을 쏟은 건 민아 때문이었다. 그녀와의 안정된 미래를 준비하기 위해서였다. 그녀와 자주 데이트하지는 못했지만 집에서 마주칠 때마다, 가끔 도서관에서 함께 공부할 때마다, 우린 따스한 눈길을 주고받았다.

N도 열심히 학교에 다녔다. 기인(奇人) 행세는 여전했으나 그림 공부를 게을리하진 않았다. 그는 자주 머리띠를 하고 다녔다. 민아가 빌려준 머리띠를 해 보니 느낌이 좋았던 모양이다. 제품도 색깔별로 여러 개를 산 듯했다. 디자인이 다양했고 개중엔 내가 민아에게 선물해 준 머리띠와 비슷한 것도 있었다.

다시 시간은 흘렀다. 그리고 어느 늦은 봄날, 내게 예비군 동원훈련 소집통지서가 날아왔다. 화천 B부대에서의 3박 4일 일정이었다. 군복을 입고 화천으로 떠나던 날 아침, 민아가 날 배웅했다.

"위문편지 보내."

나는 민아에게 너스레를 떨었다. 민아는 말없이 그냥 웃었다. 그 모습이 정말 예뻤다. 화천으로 떠나고 싶지 않을 정도로…. 민아는 갈수록 아름다워졌다. 평범한 얼굴의 그녀였지만 콩깍지가 쓰인 내 눈엔 아이유처럼 보였다. 게다가 꿈틀대기 시작한 더위, 얇아진 옷차림 사이로 드러나는 그녀의 몸매는 나를 많이도 들뜨게 했다. 하지만 선을 지켜야 한다는 생각에 자제에 자제를 거듭했다. 그런 나를 못살게 굴려는 듯 민아는 신학기 들어 화장도 곧잘 했고 멋도 부리기 시작했다.

화천에서의 동원훈련은 생각보다 힘들었다. 예비군이라고 봐주는 것도 없었다. 유격, 각개 전투, 야외 숙영 등을 모두 소화해야 했다. 그래도 나는 굳세게 버텼다. 민아의 귀여운 미소와 아름다운 몸매를 떠올리며….

동원훈련 마지막 날이었다. 갑자기 폭우가 쏟아졌다. 집으로 돌아갈 수가 없었다. 강이 넘치고 길이 끊기는 통에 예비군들은 한동안 부대에 더 머물러야 했다. 문제는 그때부터였다. 민아는 내게 안부 전화 한 통 하지 않았다. 내 전화도 받지 않았다. 대체 무슨 일이 있는 걸까. 나는 오히려 민아가 걱정스러웠다. 하숙집에 전화를 해 보았다. 민아 어머니가 받았다. '민아는 잘 있고 지금 외출 중'이라는 답변이 돌아왔다. 다행이라는 생각이 들면서도 서운한 마음이 올라왔다. 그로부터 이틀 뒤 비가 그치고 도로가 다시 열렸다. 예비군들은 집으로 돌아갈 수 있었다. 하숙집에 돌아오자마자 나는 민아부터 찾았다. 그녀는 보이지 않았다.

"놀러 나갔어."

민아 어머니가 말했다. 어이가 없었다. 남자친구가 물
난리 때문에 고초를 겪다 겨우 집에 돌아왔는데, 안부 전
화 한 통 없이 놀러 나갔다는 걸 이해할 수가 없었다.

'대체 민아에게 나란 존재는….'

답답했다. 그리고 불안했다. 대화할 사람이 필요했다.
나는 가게에서 막걸리와 문어발을 산 후 N의 방문을 두
드렸다. 방에는 아무도 없었다. N은 문을 잠그지 않은 채
외출한 상태였다. N의 방으로 들어갔다. 내 방에서 기다
릴까 하는 생각도 있었으나 그냥 이곳에서 직접 기다리
는 게 낫겠다 싶었다. 나는 들고 있던 술과 안주를 N의
책상 위에 올려놓았다. 책상 구석엔 대형 스케치북이 놓
여 있었다. 문득 궁금했다. N과 미술에 대한 대화는 많이
나눴지만 정작 그가 그린 그림을 실제로 본 적은 없었다.
나는 궁금증 반 호기심 반의 눈길로 N의 스케치북을 펼
쳐 보았다.

초반부엔 정물 드로잉이 있었다. 선반 위에 놓인 커피
포트, 넘어진 의자, 반쯤 마신 와인병 등을 거칠고 상징
적인 화법으로 그려냈다. 군데군데 N이 존경한다는 고갱
의 화풍도 엿보였다. 하지만 그다지 특징적이진 않았다.
고갱의 종합주의를 숭배했으나 그쪽 화풍에는 별로 소질
이 없는 것 같았다. 나는 계속 스케치북을 넘겼다. 중반부

를 넘어가자 눈이 점점 커졌다. 바구니에 담긴 사과, 덩그라니 굴러다니는 달걀 등을 사실적으로 표현한 N의 실력 때문이었다. 그는 사실주의에 강점이 있었다. 나는 사진을 찍어낸 듯한 그의 그림들을 보며 감탄과 질투를 동시에 느꼈다. 그렇게 스케치북 그림 감상이 후반부에 이르렀을 즈음이었다.

'이, 이건!'

나는 스케치북을 떨어뜨릴 뻔했다. 놀랐다. 아니 경악했다. 스케치북 후반부엔… 여인의 누드화가 있었다. 일반 볼펜으로 상당히 디테일하게 묘사한 드로잉이었다. 알맞게 굴곡진 골반선, 탐스럽게 도드라진 물방울 모양의 가슴, 육감적으로 들어간 허리…. 누드의 주인공은 민아였다.

'이게 대체 어떻게 된 일인가!'

정신을 차릴 수가 없었다. 나는 일단 현실을 부정해 보았다.

'직접 본 건 아닐 거야. N이 민아의 벗은 모습을 상상하며 그려 봤을 거야.'

나는 조심스레 다시 그림을 살펴보았다. 그러나 틀림없는 민아의 실체였다. 군살 하나 없는 복부 주변, 그 아래에 돋아난 마름모꼴 치모, 왼쪽 치골에 나 있는 앙증맞은 복점까지…. 1층 세면장에서 훔쳐 봤던 민아의 모습 그대로였다. 상상만으로는 표현할 수 없는 구체적인 그녀였다. 민아는 N 앞에서 실오라기 하나 안 걸친 자신의 나신을 드러낸 것이었다. 다리에 힘이 풀린 나는 그대로 바닥에 주저앉았다. 귀에선 이상한 굉음이 들려왔다.

저녁 무렵까지 N과 민아는 집에 돌아오지 않았다. 나는 하숙집 옥상에 올라 동네 주변을 살펴보았다. 가슴이 찢어질 듯 시리고 아팠다. 그렇게 시간이 흘렀다. 옥상에 밤이 찾아왔다. 그리고 나는 보았다. 하숙집 골목 가로등 아래에 나란히 서 있는 N과 민아의 모습을…. 두 사람은 서로의 몸을 더듬으며 프렌치키스를 나누고 있었다.

*

다음 날 정오, 출근 시간보다 한 시간 일찍 스포츠센터 인근에 도착했다. 나는 '함께 점심 먹자'며 공 코치를 불러 냈다. 공 코치가 곧바로 나왔다. 그의 손에는 간이 여행 가방이 들려 있었다.

"여행 가방은 왜요?"

"오후에 출장을 가야 해서요."

공 코치는 오후에 충북 수안보에 있는 공무원수련원으로 출장을 간다고 했다. 수련 중인 공무원들을 대상으로 2박 3일간 스트레칭 및 피트니스 강습을 할 예정이었다. 그도 꽤 능력 있는 사람이다. 나는 공 코치를 인근 식당으로 데려갔다. 자리에 앉자마자 주문부터 했다. 나는 비빔밥을 공 코치는 불고기 백반을 시켰다. 얼마 후 음식이 나왔다. 우린 말없이 밥을 먹었다. 밥그릇이 중간쯤 비워졌을 무렵 나는 공 코치에게 향후 구상을 밝혔다. 회사에 남아 투쟁을 계속하겠다는 것이 나의 계획이었다. 내 말을 들은 공 코치가 눈을 크게 떴다.

"계속 회사랑 싸우시겠다고요?"

"네."

"너무 무리이실 것 같은데…."

공 코치가 걱정스러운 표정으로 말했다. 하지만 난 이미 결심을 굳혔다. 이대로 물러설 수 없다는 게 어제 밤새도록 생각한 뒤 내린 결론이었다. 솔직히 대법원까지 갈 자신은 없었다. 하지만 중앙노동위원회나 1심 법원까지는 가서 싸워 보고 싶었다. 일종의 오기였다. 내가 퇴사하지 않고 자리를 지키는 것만으로도 회사 측은 상당한 부담을 느낄 것이었다. 지렁이도 밟으면 꿈틀하는 정도가 아니라 발을 물어 버린다는 걸 보여 주고 싶었다. 아무 잘못도 없는 사람을, 지방노동위원회에서 복직 판정까지 받은 사람을, 비합리적인 압박으로 내쫓으려 한다는 건 말이 되지 않았다. 거기에 굴복한다면 세상 바라보기가 부끄러울 듯했다. 내 설명을 들은 공 코치는 그러나 어두운 표정을 풀지 못했다. 나는 공 코치를 향해 작게 미소를 지어 보였다.

"너무 걱정 마세요. 공 코치님이 곁에 있는 것만으로도 난 힘을 낼 수 있어요."

내 말에 공 코치가 약간 표정을 풀었다. 공 코치는 내가 얼마나 그를 의지하고 있는지 잘 알 것이다. 나는 다시 말을 이었다.

"이제부턴 적극적으로 인터넷 카페 활동과 블로그 활동도 할 생각이에요."

"인터넷 카페랑 블로그요?"

"네, 부당한 처우를 받은 노동자들이 모여 만든 인터넷 카페가 있거든요."

"?"

"저도 그곳의 회원이에요."

"아….'

"그런데 지금껏 눈팅만 해 왔어요. 이제부턴 적극적으로 사연도 올리고 조언도 얻을 계획이에요. 카페 산하에 블로

그 또는 유튜브 채널도 개설할 거고요. 회사에서 부당한 대우를 받을 때마다 그곳에 낱낱이 보고를 하려고요."

말을 마친 나는 테이블 중앙에 놓인 어묵볶음을 한 점 집어 먹었다. 공 코치는 잔에 물을 따라 마셨다.

"잘 알겠어요. 물론 강 선생님은 잘 해내실 거예요."

"그렇게 말해 줘서 고마워요."

"그런데…."

"?"

"회사에서 가만있지 않을 텐데요. 서방준 씨도 그렇고요."

공 코치가 걱정스러운 듯 말했다. 당연한 지적이었다. 하지만 나는 나대로의 방책이 있었다.

"걱정하지 마세요. 인터넷 카페 회원들과 연대를 계획 중이에요."

"연대요?"

"네, 제 사연이 알려지면 도와줄 사람이 있을 거예요. 그것 말고도 저는 산별노조에 가입하려 하거든요."

"산별노조요?"

"네, 노조 없는 회사에 다녀도 비슷한 업종에 종사하면 노조 가입을 받아 주는 연대적 노동조합을 산별노조라고 해요."

"아, 그래요?"

"알아보니 저도 가입 조건이 된대요. 우리 회사엔 노조가 없으니까요. 그러니 산별노조라는 조직의 힘을 빌려야죠."

생각만 할 땐 몰랐는데 공 코치에게 직접 말을 하다 보니 자연스레 향후 회사와의 투쟁 일정이 정리됐다. 그러고 보니 나도 꽤 준비된 상태였다.

그렇게 공 코치와의 대화가 일단락됐다. 공 코치는 남은 밥을 급히 불고기 국물에 말았다. 그걸 보니 괜스레 그에게 미안했다. 점심 산다고 불러 놓고는 내 얘기만 하느라 밥도 못 먹게 했으니 말이다. 나는 밥공기 옆에 수저를 내려놓았다. 밥이 많이 남은 상태였으나 더 먹고 싶진 않았다. 급하게 밥을 비운 공 코치도 수저를 내려놓았다.

우리는 식당 밖으로 나왔다. 그리고 건너편에 있는 공원을 향해 걸었다. 간만에 미세먼지 없이 공기가 꽤 맑았다. 식사를 마친 인근 직장인들이 삼삼오오 공원에 모여 커피를 마시거나 담배를 피웠다. 우리는 공원 가장자리에 있는 벤치에 앉았다. 공 코치는 앉자마자 호주머니를 뒤적거리며 담배를 찾았다. 그는 운동하는 사람임에도 꽤 골초였다.

"이런, 담배가 떨어졌네."

공 코치가 혼잣말을 했다. 그러고는 "담배 좀 사올게

요"라고 말하며 자리에서 일어섰다. 나는 공 코치의 팔을 잡았다. 그런 다음 내 점퍼 안주머니에 있던 담배를 꺼내 건넸다. 어제 최 씨로부터 받은 것이었다. 담배를 받은 공 코치가 의아하다는 표정을 지었다.

"어? 강 선생님 담배 끊었잖아요."

"끊었죠. 근데 선물 받은 담배가 안주머니에 있었네요."

"그래요? 누가 담배를 선물로 줘요?"

공 코치가 담배 비닐 포장을 뜯으며 물었다. 나는 잠시 머뭇거렸다. 최 씨 이야기를 해야 하나 말아야 하나 갈등했다. 최 씨 일을 까발리거나 더 문제 삼고 싶은 생각은 없었다. 하지만 최 씨의 비행을 아는 사람이 나 이외에 한 명 정도는 더 있어야 할 것 같다는 생각이 스쳐갔다. 그래야 향후 도난 사고가 발생했을 때 유기적으로 대응할 수 있을 것 같았다. 공 코치 또한 직책상 회원 관리를 해야 하는 사람이므로 알아야 할 필요가 있다고 생각했다.

"그럼 공 코치님만 알고 계세요."

단서를 붙인 후 최 씨 일을 간략히 설명했다. 최 씨가 발렌시아가 운동화를 가져갔고, 들키자 안절부절 못 하고 어쩌고저쩌고…. 공 코치는 사뭇 진지하게 귀를 기울였다. 설명을 다 들은 공 코치는 약간 떨떠름해 하다가 곧 얼굴을 폈다.

출근 시각인 1시에 가까워졌다. 공 코치가 먼저 자리에서 일어났다. 출장 준비를 해야 한다고 했다. 그가 부러웠다. 출장 수당도 받고, 바람도 쐬고, 수안보에서 온천도 하고. 그에 반해 나는, 앞으로 회사와 소모적인 투쟁을 계속해야 한다. 그래도 약해질 순 없었다. 이를 꽉 깨물었다. 공 코치의 모습이 멀어지자 나는 휴대폰을 꺼냈다. 그리고 이 본부장의 번호를 눌렀다.

띠리리링, 띠리리링.

신호가 두 번 울리자 이 본부장이 곧바로 전화를 받았다. 내 전화를 기다린 듯했다.

"그래, 생각은 좀 해 봤나?"

그는 곧바로 본론으로 들어갔다. 목소리엔 여유가 철철 넘쳤다. 어제 겁을 줬으니 내가 두 손을 들었을 거로 생각하는 모양이었다. 하나 그의 착각이었다. 나는 여유 넘치는 그의 목소리에 찬물을 끼얹었다.

"본부장님!"

"응, 말해."

"저 목욕탕 일 계속하기로 했습니다!"

"뭐… 라고?"

내 말을 들은 이 본부장이 버벅거렸다. 예상을 완전히

벗어났다고 생각하는 모양이었다.

"대체 왜?"

"저도 제 정당성을 인정받고 싶습니다. 그러니 중앙노
동위원회에 재심 청구를 하시든 법원 소송으로 가시든
맘대로 하십시오. 저도 하는 데까지 최선을 다해 맞서 보
렵니다."

"아니, 그게 무슨…."

"윗분들께도 그렇게 보고해 주십시오."

"이봐, 강기웅! 이봐, 이봐!"

이 본부장이 다급한 말투로 날 불렀다. 나는 그의 부름
에 응하지 않은 채 거칠게 휴대폰을 껐다.

4장

냉탕에 들어가기

목욕탕 앞에 도착했다. 입술을 굳게 다물고 심호흡을 했다. 이제부터가 중요하다. 나는 서방준과의 관계를 새로 설정하기로 했다. 그동안은 목욕탕 일을 임시직으로만 생각했었다. 그 때문에 서방준과의 관계에 대해 개선의 노력을 하지 않았다. 그냥 그를 미워하기만 했다. 이제부턴 장기전이다. 서방준과의 관계를 부드럽게 만들 필요가 있었다. 나는 마음속으로 '아자!'를 외친 후 목욕탕 문을 열었다. 신발장을 정리 중인 서방준이 눈앞에 있었다. 그는 나를 보자마자,

"꾸물대지 말고 빨리 옷 갈아입고 나와요!"

라고 쏘아붙였다. 좋게 풀어가려 했는데 출근하자마자

얼떨결에 한 방 맞았다. 하여간 저 인간이랑은 정말 코드가 안 맞는다. 하지만 흥분하면 안 된다. 오늘부터는 달라져야 한다. 서방준이 "오늘은 화장실 바닥 미싱부터 해요!"라고 등 뒤에서 소리쳤다. 나는 서둘러 옷을 갈아입었다. 바닥솔과 세제를 들고 화장실로 향했다. 이제부턴 목욕탕 일을 적극적으로 받아들이기로 했다. 긍정적으로 보면, 복잡한 마음을 다스리는 데 있어 땀 흘리며 육체노동하는 것보다 좋은 비책은 없다. 화장실 바닥에 세제를 뿌린 뒤 골고루 물을 묻혔다. 그런 다음 바닥솔로 타일을 힘껏 문질렀다. 점차 몸에 열기가 돌기 시작했다. 노동이 아니라 운동을 하는 것이라고 생각하니 몸이 가벼웠다. 땀을 뻘뻘 흘리며 화장실 바닥의 때를 벗겨 냈다. 미싱 작업을 마친 후엔 창고로 이동해 물품을 정리했다. 안 쓰는 물건은 한쪽 구석에 밀어 넣어 창고 동선을 넓혔고 자주 쓰는 물건은 정면에 배치해 찾기 쉽게 만들었다.

그렇게 열심히 일하다 보니 두어 시간이 후딱 지나갔다. 서방준은 시키지도 않은 일을 찾아서 하는 나를 보며 의아하다는 표정을 지었다. 우리는 잠시 눈이 마주쳤다. 나는 억지로, 정말로 억지로, 그에게 미소를 지어 보였다. 서방준은 '저 인간이 갑자기 실성했나?' 하는 표정으로 날 째려보았다. 그래도 나는 미소를 풀지 않았다. 유화 정책으로 서방준을 구워삶자는 내 계획엔 변화가 없었다. 회사와의 지루한 싸움이 예고된 지금, 가장 먼저 풀어야 할 숙제는 바로 서방준이었다. 그는 지금껏, 그리고 앞으로도, 나를 가장 괴롭힐 사람이었다. 이에 대한 안전장치를 걸어야 했다. 나는 최대한 부드러운 말투로 서방준에게 물었다.

"오늘 근무 끝나고 뭐하세요?"

"그건 알아서 뭐하게요!"

서방준의 대답은 여전히 퉁명스러웠다. 나는 속에서 뭔가가 치밀어 올랐지만 다시금 마음을 다잡았다.

"다름이 아니고요."

"?"

"우리 몇 달간 함께 일했잖아요."

"그런데?"

"그동안 제가 너무 대접을 못 해 드린 것 같아서요."

내 말에 서방준이 볼을 삐죽거렸다. 뚱딴지같은 말을 들었다는 표정이었다.

"대접? 대접은 무슨…."

서방준이 퉁명스럽게 말했다. 그러면서도 눈빛은 빛났다. 뭔가를 기대하는 얼굴이었다. 나는 그 틈을 놓치지 않았다.

"그래서 말인데요."

"?"

"오늘 좋은 데서 술 한잔 모시려고 합니다."

"술이요?"

서방준이 되물었다. 나는 "네"라고 대답한 뒤 말을 이었다.

"제가 잘 아는 술집이 있는데요."

"그런… 데요?"

"같이 가시죠."

"그, 글쎄요…."

서방준이 말끝을 늘어뜨렸다. 고민하는 기색이었지만 입술은 연신 씰룩거렸다. '좋은 데서 술 한잔'이라는 제안에 구미가 당기는 모양이었다. 일단 그의 관심을 끄는 데는 성공했다. 그래도 서방준은 확인할 게 남은 모양이었다.

"강기웅 씨는 오후조라 11시 퇴근이잖아요. 너무 늦지 않아요?"

이에 대해 미리 준비해 놓은 멘트가 있었다.

"늦긴요. 룸살롱에서 마실 건데요."

"룸살롱? 아가씨 나오는 술집이요?"

"네. 그러니 늦으면 늦을수록 좋지요."

"아!"

서방준의 감탄사에 힘이 실렸다. 내 말에 사실상 넘어온 순간이었다. 룸살롱은 고교 동창 석규를 염두에 두고 한 말이었다. 어차피 인사차 한번 가려 했으므로 검사검사 서방준과 가 보기로 했다.

"그러니까 룸살롱에서 한잔 하시자고요. 제가 모실게요. 오늘 저보다 먼저 퇴근하시잖아요. 그러니 회사 인근에서 조금만 기다리세요. 저 일 끝나면 같이 이동하시죠."

내 말을 들은 서방준이 이빨을 드러내며 웃었다. 술 좋아하고 공짜 좋아하는 그가 이런 호기를 놓칠 리 없었다.

"그럼, 퇴근 후 밖에서 기다릴 테니 꼭 갑시다. 그리고 강기웅 씨, 오늘은 그냥 10시쯤 퇴근해요. 구두닦이 조씨 아저씨랑 세신 양 씨 아저씨한테 마무리해 달라고 부탁해 놓을게요."

서방준이 흥분한 목소리로 말했다. 한 시간 일찍 퇴근이라니, 아부의 효과가 벌써부터 나타나고 있었다. 지금껏 상상조차 할 수 없었던 일이었다. 서방준의 은총(?)은 계속 이어졌다. 이후부터 그는 직접 수건 정리를 하기도 했고 '좀 쉬었다 하라'며 손수 내게 물을 건네기도 했다. '이럴 줄 알았으면 좀 더 일찍 아부할 걸'이라는 생각이 들 정도였다. 나는 서방준이 건넨 물을 홀짝거리며 '오늘 술값으로 얼마를 써야 체면치레를 할 수 있을까' 계산해 보았다. 그 와중 삐링, 문자가 도착했다.

'뭐지?'

휴대폰을 꺼내 내용을 확인해 보았다.

— 상의할 일이 있으니 지금 본사로 들어오길.

이정구 본부장이 보낸 문자였다. 아까 통화한 것에 대해 회사 측 입장을 밝힐 모양이었다. 나는 별로 긴장하지 않았다. 어차피 서로의 카드를 오픈한 상태였다. 새로운 압박 카드는 추가로 없을 듯했다. 어쩌면 '위로금을 더 생각해 보겠다'고 제안할는지도 모른다. 그렇다고 흔들릴 내가 아니다. 회사 성격상 갑자기 많은 액수를 얹어 줄 리도 없고 말이다. 그래도 위로금 상향 제안을 받는다면 기쁠 것 같다. 이제는 위로금 몇 푼 더 받고 덜 받고가 중요하지 않게 됐지만, 금액을 올려 주겠다고 한다면 내 압박이 먹혔다는 걸 의미한다.

그나저나 외출을 하려면 서방준의 허락이 필요하다. 서방준은 휴게실에서 TV를 보고 있었다. 나는 조심스럽게 그에게 다가갔다.

"죄송한데, 저 잠깐 본사에 좀 다녀와야겠는데요. 이 본부장님한테 문자가 와서요."

나는 '문자를 확인해 보라'며 서방준에게 휴대폰을 내밀었다. 서방준은 확인도 안 한 채 '걱정 말고 다녀오라'

고 내 옆구리를 밀었다. 역시 룸살롱의 효과가 크긴 컸다.

*

목욕탕에서 나온 후 곧바로 1층으로 내려갔다. 원래 직원용 출입구가 따로 있지만 그냥 1층 안내데스크 앞 정문을 이용하기로 했다. 멀리서 곽유나의 얼굴이 보인다. 나는 어깨를 펴고 안내데스크 쪽으로 다가갔다. 안내데스크에 가까워지자 곽유나의 상큼한 화장품 향이 코를 자극했다. 그녀의 유니폼 옷깃은 평소보다 더 올라가 있었다. 그에 따라 쇄골과 그 위의 복점이 더욱 선명하게 드러났다. 예전엔 그걸 보며 민아를 떠올렸다. 이제는 조금 다르다. 점점 곽유나 자체가 눈에 들어온다. 나는 다시금 곽유나의 모습을 흘끔 바라보았다. 곽유나도 내 얼굴을 쳐다보았다. 그러더니,

"저기요"

라고 나를 불렀다. 그녀의 두 번째 부름이었다. 그래서인지 이제는 별로 놀랍지 않았다. 나는 여유 있는 표정으로 찬찬히 그녀의 눈을 응시했다.

"네, 왜 부르셨어요?"

담담하게 물었다. 그러자 곽유나가 데스크 아래에서 뭔가를 꺼냈다.

"이거 받아 가세요. 강기웅 씨 우편물이에요."

곽유나가 내민 우편물은 카드사에서 보내 온 이벤트 책자였다. 별것 아닌 우편물이었지만 나는 받아들면서 의아함을 느꼈다.

"아니, 제 우편물이 왜 안내데스크에 와 있죠?"

내 질문에 오히려 곽유나가 의아하다는 표정을 지었다.

"네? 강기웅 씨 우편물은 항상 안내데스크로 왔었는데요."

"뭐라고요? 제 우편물은 본사로 배송되는 줄 알았는데요."

"아니에요. 강기웅 씨가 목욕탕으로 오신 이후부터 우편물은 계속 안내데스크로 왔었어요. 전달해 주겠다면서 공 코치님이 수거해 갔었고요."

"네에?"

"혹시 그동안 우편물 못 받으셨나요?"

"아, 아뇨. 공 코치님 통해 전달받긴 했습니다만…."

"그러셨군요. 여하튼 오늘은 공 코치님이 지방 출장 가시는 바람에 직접 드리는 거예요."

말을 마친 곽유나가 내게 우편물을 내밀었다. 그걸 받

아든 나는 혼란스러웠다. 가만있어도 이처럼 내게 전달될 우편물을, 그동안 왜 공 코치가 중간에서 받아갔는지 이상할 따름이었다.

*

본사 중앙 사무실에 들어섰다. 나를 본 직원들이 차갑게 고개를 돌렸다. 이젠 그러려니 한다. 하지만 예전엔 섭섭했었다. 동료가 회사로부터 부당한 대우를 받으면 직원끼리라도 감싸 안아줘야 한다는 아쉬움 때문이었다. 하지만 그들 입장에선 어쩔 수 없는 측면이 있을 것이다. 회사의 눈 밖에 난 사람을 감싸 안았다가 자신도 밥줄이 끊길 수 있으니 말이다.

간만에 디자인실이 보고 싶었다. 나는 중간 복도를 가로질러 디자인실로 향했다. 유리창 너머로 보이는 디자인실 직원들과 눈이 마주쳤다. 몇몇 사람이 마지못해 내게 고개를 끄덕여 주었다. 그러고선 곧바로 뒤돌아서서 일하는 척을 했다.

'그래, 너희 마음 다 안다.'

나는 디자인실 유리창에서 시선을 돌린 뒤 본부장실

쪽으로 향했다. 칸막이 너머로 이 본부장의 모습이 보였다. 이 본부장도 나를 보았다. 그는 내게 들어오라고 손짓했다. 나는 굳은 표정을 지으며 본부장실 문을 열었다. 이 본부장은 방에 들어서는 나를 싸늘한 눈길로 노려보았다. 나도 지지 않으려 눈에 힘을 주었다.

'물렁하게 보이면 안 돼!'

나는 의도적으로 고개를 빳빳이 들었다. 그러자 이 본부장이 비꼬는 듯한 말투로 입을 열었다.

"허허, 뭐라? 계속 회사에 남아 있으시겠다…."

깔깔하게 날아오는 그의 음성에 나는 약간 움찔했다. 그래도 여기서 약해질 순 없었다. 나는 다시금 자세를 정비하려 했다. 그러나 이 본부장은 여유를 주지 않았다. 갑잖다는 표정을 지으며 책상 아래에서 뭔가를 꺼냈다.

'어, 저… 저건!'

나는 놀랐다. 그것은 발렌시아가 운동화였다. 최 씨가 고등학생 아들 준다며 훔쳐간 고객의 신발 말이다.

"이것 좀 해명해 줘야겠어."

이 본부장이 운동화를 까딱까딱 흔들며 말했다.

'저게 왜 저기에….'

나는 말문이 막혔다. 그러자 이 본부장이 발렌시아가 운동화를 바닥에 신경질적으로 탁, 던지며 말했다.

"이거 고객이 도난당했다고 신고한 80만 원짜리 운동화야. 맞지!"

"……"

"오늘 최 씨를 닦달해서 찾아냈어. 이거 최 씨가 훔친 것이라는 거 자네도 알고 있었지?"

"그, 그게….'

나는 말을 더듬었다. 도대체 저 물건을 왜 이 본부장이 갖고 있는 선시 당황스러웠다. 한편으론 억울하기도 했디.

"근데 왜 저한테 이러십니까. 제가 훔친 것도 아닌데요."

범인은 내가 아닌 최 씨였다. 뭣 때문에 나를 붙잡고 늘어지는 건지 알 수 없었다.

"최 씨는 인사 조치를 할 거야. 그러니 그건 신경 쓸 거 없고."

"그러면요?"

"자네는 목욕탕 관리 직원으로서 회원들의 물품을 보호해야 할 의무가 있어, 그렇지?"

"그렇긴 합니다만….'

"그런데 담배를 받는 조건으로 절도 행위를 눈감아 줬다는 게 말이 되나?"

"네?"

이 본부장의 말에 나는 기가 막혔다. 담배… 담배라

니…. 담배 한 갑 받은 게 이 사달이 날 만한 일이었던가. 그건 그렇고 대체 어떻게 그 사실을 이 본부장이 알고 있는 걸까. 혹시 공 코치가?

"아….."

나는 눈을 질끈 감았다. 생각조차 하기 싫지만 공 코치가 이 모든 걸 누설했을 가능성이 높았다. 내게 온 우편물을 공 코치가 중간에 받아가곤 했다는 사실도 새삼 떠올랐다. 우편물은 항상 옆 포장이 뜯어져 있었다. 공 코치가 그랬을 것이다. 나는 맥이 풀려 버렸다. 배신감으로 인해 온몸에 있던 힘이 다 빠져나갔다. 내가 휘청대자 이 본부장은 더욱 목소리에 힘을 실었다.

"이봐, 강기욱!"

"네….."

"물론 담배 한 보루도 아니고 딸랑 한 갑 받은 거로 난리 친다고 생각할 수도 있겠지."

"……"

"하지만 더 큰 문제는,"

"?"

"최 씨의 절도 행각에 자네도 공범의 가능성이 있다는 거야."

"뭐, 뭐라고요!"

나도 더는 참기 힘들었다. 최 씨의 절도 사실을 눈감아 준 건 사실이지만 함께 물건을 훔친 적은 없었다. 아무리 내가 밉기로서니 있지도 않은 죄를 뒤집어씌우는 건 온당치 않았다.

"도대체 무슨 말씀을 하시는 겁니까. 공범이라뇨! 생사람 잡지 말아요!"

나는 목소리를 높였다. 이 본부장은 아랑곳하지 않고 말을 세속했다.

"다 물증이 있어서 하는 얘기니까 흥분하지 말라고."

"물증이라뇨?"

"아까 최 씨가 다 자백했어."

"대체 뭘 자백해요?"

"예전에 도난 신고된 남성용 화장품 세트도 자기가 훔친 것이라고 말했다고."

이 본부장의 말을 듣자 나는 다시금 말문이 막혔다. 도난 신고로 한바탕 난리가 났던 고급 남성화장품 세트도 최 씨가 훔친 것이었다니, 그 노인네 상습범이었다. 운동화도 우발적으로 훔친 게 아니었다는 얘기다. 이 본부장은 계속 말을 이었다.

"그런데 최 씨 말에 따르면,"

"……"

"화장품 중 로션은 자네가 가져갔다고 하더군."

"!"

기가 막히고 코가 막힐 지경이었다. 가죽점퍼에 정수기의 이물질이 튀었을 당시 최 씨로부터 로션을 받은 적은 있었다. 하지만 그건 최 씨가 '준' 것이지 내가 '훔친' 것이 아니었다. 대체 최 씨는 왜 그런 식으로 말했을까. 내가 자신의 절도 행위를 고자질했다고 생각한 걸까. 아마 그렇게 생각한 것 같다. 그에 대한 보복으로 말을 부풀린 것 같다. 내가 최 씨의 범행 사실을 공 코치에게 말했으니 굳이 따지자면 고자질이 맞기야 맞았다. 또한 내 막이야 어쨌든 내가 로션을 가져간 것도 사실은 사실이었다. 그래도, 그래도… 당혹스러웠다. 이대로 있을 순 없었다.

"그게 어떻게 된 거냐면요…."

나는 사실을 설명하려 했다. 그러나 이 본부장은 기회를 주지 않았다.

"됐고! 방금 서방준한테 전화해서 자네 사물함 확인해 보라고 했어. 로션이 있다고 하더군. 그거 굉장히 비싼 제품인 거 자네도 알지?"

이 본부장의 말에 나는 그냥 입을 다물어 버렸다. 이 정도 억지라면 내가 무슨 해명을 해도 소용이 없을 것 같았다. 말해 봐야 그걸 확대해석해 또 다른 꼬투리 잡을 게 뻔했다.

'공 코치한테 괜한 말을 했구나.'

내 입을 원망하는 수밖엔 없었다. 난감해 하는 나를 보며 이 본부장이 목소리를 높였다.

"우선 내일까지 시말서 써서 제출해! 시말서 내용에 따라 징계위원회 소집 여부를 결정할 거야. 그러니까 성실하게 쓰는 게 좋아."

이 본부장이 차갑게 말했다. 나는 다문 입을 풀지 못했다. 타개책을 찾으려면 시간이 필요했다. 결국, 회사 측은 그렇게도 잡고 싶어 하던 나의 꼬투리를 잡아냈다. 뜻밖의 카운터펀치를 맞은 나는 속수무책으로 당할 수밖에 없었다. 명령을 끝낸 이 본부장은 "그만 가봐!"라고 말한 뒤 책상 위에 놓인 신문을 집어 들었다.

그렇게 면담은 끝났다. 나는 주춤주춤 일어나 본부장실 문을 열었다. 뒤에서 이 본부장의 중얼거림이 들려왔다.

"참나, 하룻강아지 새끼가 호랑이 무서운 줄 모른다더니. 뭐? 산별노조에 가입해서 회사를 압박한다고? 회사 실태를 인터넷 카페에 고발한다고? 건방진 자식, 맘대로 해 봐. 누가 이기나 보자고!"

나 들으라고 하는 혼잣말이었다.

*

　본사 건물을 빠져나오자마자 나는 공 코치에게 전화를 걸었다.

　삐리리리링, 삐리리리링.

　신호가 여러 번 갔지만 공 코치는 받지 않았다. 다시 걸었나. 받지 않았다. 내 번호를 확인한 후 수신을 거부하고 있는 게 분명했다. 나는 또 걸었다. 그러자,

　지금은 이동 중이니 전화를 받을 수 없습니다.

라는 자동 안내 멘트가 흘러나왔다. 공 코치는 수안보로 이동 중인 듯했다. 나는 인근 계단에 털썩 주저앉았다. 숨조차 쉬기 힘든 고통이 몰려왔다.

　'그랬던가. 처음부터 공 코치는 회사가 심어 놓은 첩자였던가. 조직이란 건 이렇게 무서운 건가.'

　온몸이 부들부들 떨렸다. 회사는 서방준이라는 채찍과 공 코치라는 당근을 동시에 활용해 나를 철저히 유린했다. 그래 이번엔 졌다. 두 손 들었다. 나는 회사 측의 치밀함을 인정하지 않을 수 없었다.

하늘이 노을을 준비 중이었다. 다시 목욕탕으로 들어섰다. 내 모습을 본 서방준이 머뭇거리며 다가왔다. 그는 의외로 내 눈치를 살폈다.

"강기웅 씨, 본사에서 뭔 일 있었던 건 아니죠?"

"……"

"아까 본부장님한테 연락이 왔었는데요."

"……"

"강기웅 씨 사물함을 열어 보라기에 열어 본 것뿐이거든요."

"……"

나는 아무 대답 없이 외출복을 벗고 작업복으로 갈아입었다. 서방준은 다시금 내 눈치를 살피며 조심스레 물었다.

"오늘… 술 마신다는 건… 유효한 거죠?"

이것이 그가 내 눈치를 살핀 이유였다. 실로 서방준다운 행동이었다. 나는 부글부글 끓어오르는 마음을 억누르며 애써 미소 지었다.

"그럼요, 걱정 마세요. 누구랑 한 약속인데 그걸 깨나요. 저도 오늘 술이 많이 고프네요. 오늘 좋은 곳에서 한

잔 하시자고요."

내 말을 들은 서방준이 안심하며 볼을 씰룩거렸다. 어쩌면 그는 룸살롱 아가씨와의 깊은 밤까지 기대하고 있는 건지도 모르겠다. 나는 할 수 있다면 그렇게 해 주리라 마음먹었다. 최고급 양주와 비싼 안주, 그리고 꽃띠 아가씨들까지…. 해 주리라. 못 해 줄 이유가 없었다

오후 7시가 되자 서방준이 퇴근 준비를 했다. 인근 PC방에서 기다리겠다고 했다. 그러면서 그는 내 퇴근 시간도 챙겼다.

"아까 말했죠. 오늘은 그냥 10시쯤 퇴근해요. 구두 아저씨하고 세신 아저씨한테 다 말해 놨어요. 그러니 걱정말고 한 시간 일찍 퇴근해요."

서방준의 배려(?) 넘치는 말에 나는,

"때맞춰 나갈 테니 걱정하지 말고 기다리세요."

라고 답변했다. 서방준은 기대에 가득 찬 얼굴로 목욕탕 문을 열고 밖으로 나갔다.

서방준이 퇴근한 후 나는 평소처럼 일했다. 새 수건을 꺼내 욕탕 입구 앞에 놓았고 땀에 젖은 체육복들을 빨래 수거함에 넣었고 드라이기를 정리했고 욕탕 온도를 체크했다. 이후엔 새 대걸레를 꺼내 라커룸 바닥을 닦았다. 평소보다 힘을 줘 꼼꼼히 닦았다. 이마엔 송골송골 땀이 맺

혔다. 바닥엔 반짝반짝 윤기가 돌았다. 청소를 마치니 한 시간이 훌쩍 가 있었다. 나는 서방준에게 전화를 걸어 보았다.

"지금 PC방이시죠?"

"네."

"기다리기 지겨우시죠?"

"아휴, 좀 그러네. 아직 8시밖에 안 됐잖아요. 10시가 되려면 두 시간이나 남았네."

서방준이 투정부리듯 말했다. 나는 그의 지겨움을 풀어주기로 했다.

"그러면 이렇게 하세요. 술집이 송파 쪽에 있거든요. 지하철 타면 금방 갈 수 있어요. 술집에 먼저 가 계세요. 주소는 카톡으로 찍어 드릴게요. 술집 사장한테 강기웅 소개로 왔다고 하세요. 잘해 줄 거예요."

"근데 혼자서 어떻게 술을 마셔요?"

"가까이 사는 후배 있잖아요. 예전에 이곳 목욕탕에서 아르바이트하던 후배분 말이에요. 그 사람 불러서 함께 가세요."

"정말요?"

"네, 그렇게 하세요. 저야 10시에 퇴근한 후 간다 해도 술집까지 이동하려면 많이 늦을 거예요. 그러니 후배랑 먼저 술 드시고 계세요."

"그래도 될까요?"

서방준이 웃음을 참는 듯한 말투로 말했다. 그러면서도 '한 사람 더 오면 술값이 부담스럽지 않겠느냐'며 고양이 쥐 생각하듯 덧붙였다. 나는 그의 부담을 덜어 주기로 했다.

"염려 마세요. 저 월급 많이 받는 거 아시죠. 그동안 별달리 대접도 못 했잖아요. 오늘 제대로 한턱 쏠게요."

월급 얘기를 하자 서방준은 "아하, 그렇지"라며 감탄사를 내뱉었다. 내 월급 액수에 항상 신경을 곤두세우던 그였다. 벗겨 먹을 기회를 놓칠 리 없었다. 서방준은 '생각나는 후배가 몇 더 있는데 함께 데려가도 되느냐'고 한술 더 떴다. 나는 '당연하죠'라고 힘주어 말했다.

그렇게 서방준과 통화를 마쳤다. 이후 나는 창고로 이동했다. 창고 오른편 구석에 작은 박스가 놓여 있었다. 회사 측에서 비치해 둔 간이 서류박스였다. 박스를 여니 각종 문구류가 보였다. 나는 박스에서 A4지와 인주 그리고 사인펜을 꺼냈다. 그리고 바닥에 엎드려 문서를 작성했다.

일신상의 이유로 사직합니다.

사직서 내용은 딱 한 줄이면 충분했다. 내게서 이 한 줄을 받아내기 위해 회사는 그렇게도 발악을 해댔다. 나는 회사가 원하는 걸 주기로 했다. 조직에 대항하며 권리를 찾기엔 내 힘이 너무 미약했다. 일개 노동자가 회사에 엿을 먹이고 당당하게 권리를 찾는 건 영화 속에서나 나오는 모습이었다. 하지만 나는 한 가지 다짐만은 잊지 않았다.

'그래, P사 놈들아. 잘 먹고 잘 살아라. 지금은 비록 물러나지만, 나중에… 나중에… 두고 보자!'

공허한 다짐이었다. '지금은 비록' '나중에' '두고 보자' 등 실속 없는 말은 다 나왔다.

*

"너희들 나중에 두고 보자. 얼마나 잘 사는지 지켜보겠어!"

하숙집 짐을 빼며 내가 민아와 N에게 쏟아낸 말이었다. 나는 두 사람을 저주하겠다고 했다. 민아는 그런 나를 무표정한 얼굴로 바라보았다. N은 짤막하게 '잘 가라'는 말만 했다. 이후 나는 하숙집 근처에 얼씬도 하지 않았다. 그러면서도 들려오는 두 사람의 소식엔 항상 촉을 세웠다. 내가 퍼부은 저주에도 불구하고 그들은 계속 잘 만났다. 그리고 잘 살았다. 민아는 임용고시를 통과한 뒤 중학교 교사가 되었고 N은 꽤 이름 있는 미술 공모전에서 수상한 뒤 화가로 자리를 잡았다.

세상일은 알 수 없었다. 민아는 N을 경멸했었다. 어쩌다 그를 사랑하게 된 걸까. 민아는 N을 통해 자유로움의 가치를 깨달았다고 했다. 그와 있으면 모든 걸 할 수 있을 것 같다고도 했다. 나는 할 말이 없었다. 민아가 N 앞에서 나체 상태로 포즈를 취하는 모습, 스케치가 끝난 후두 사람이 몸을 섞는 모습 등을 상상하면 질투심과 패배감으로 전신이 뒤틀릴 지경이었다.

그래도 나는 살아야 했다. 억지로라도 두 사람을 내 기억 속에서 몰아내야 했다. 나도 갈 길이 바빴기에 언제까지고 패배감만 곱씹을 순 없었다. 졸업 후 나는 외국계기계설비회사에 취업했고, 학원에서 산업디자인을 공부했으며, P사에서 제품디자이너로 일했다.

그러는 동안 두 사람의 소식이 다시 들려왔다. 동거하던 중 N이 고갱의 발자취를 따라 남태평양에 있는 작은 섬으로 홀연히 떠났고, 이에 충격받은 민아가 자살기도를 했다는 내용이었다. 이후 민아는 용케 목숨을 건졌으나 한동안 실어증에 걸려 고생했었다고 한다. 그리고 지

난해 여름, 나는 민아를 보았다. 삼청동 화랑가를 거닐던 중 우연히 그녀를 본 것이다. 민아는 네댓 살쯤 돼 보이는 남자아이의 손을 잡고 걸어가고 있었다.

*

사직서를 쓴 후 나는 다시 청소를 시작했다. 라커 곳곳의 먼지를 털고 드라이기를 제자리에 놓은 뒤 로션과 스킨의 양을 체크하고 마른 수건으로 홀 바닥의 물기를 제거했다. 시계를 보니 퇴근 시간까지 20분 정도가 남았다. 할 일도 더 남았다. 나는 취침 가운을 정리하기 위해 수면실로 들어갔다. 수면실엔 사람이 없었다. 여기저기 널린 가운을 집어 들려는 와중 지잉지잉, 휴대폰이 울렸다. 번호를 보니 석규로부터 온 전화였다. 나는 반갑게 전화를 받았다.

"여보세요? 너 석규구나."

"그래 친구야, 손님 보내줘서 정말 고맙다."

"고맙기는. 잘들 마시고 있어?"

"그럼, 서방준이란 사람이 기웅이 네 소개로 왔다면서 한창 마시는 중이다."

석규가 환한 목소리로 말했다. 나 또한 밝은 목소리로 '몇 명이나 왔느냐'고 물어보았다.

"서방준이란 사람 포함해서 네 명 왔어."

"그래? 많이 왔네."

"응, 다 네 덕분이다."

"여하튼 매상 팍팍 올려라. 서방준 씨 돈 많거든."

"정말?"

"그래. 그러니까 고급 양주로 주라고. 아가씨들도 부르고."

"하하, 걱정 마라. 이미 아가씨들도 인원수대로 들어갔다."

"잘했네."

"근데 기웅이 넌 언제 와?"

"나? 나 그 사람들이랑 안 친해."

"잉?"

"서방준 씨가 좋은 술집 소개해 달라기에 네 생각이 나서 추천해 준 것뿐이야."

"아하, 그렇구나."

"나는 다음에 따로 시간 내서 한번 갈게."

"그래. 어쨌든 정말 고맙다. 매상 많이 오르면 나중에 보답하마."

"많이 팔아라. 수고해!"

통화를 마친 나는 아무 일 없던 듯 다시 취침 가운들을 집어 들었다. 여기저기에 수건도 널려 있었다. 그것들을 수거한 뒤 베드에 새 천을 깔았다. 수면실 정리를 마친 나는 휴게실로 이동했다. 그곳에서 구두닦이 조 씨와 오목을 두었다. 두 판을 내리 저서 1,000원을 잃었다.

그럭저럭 시간은 흘러갔다. 시계를 보니 밤 10시가 넘었다. 퇴근 시간이다. 나는 옷을 갈아입었다. 그리고 목욕탕 문을 나서기 전 구두 아저씨와 세신 아저씨 그리고 이발사 아저씨에게 차례로 인사를 했다. 그들은 갑자기 진지 모드인 나를 의아한 눈으로 바라보았다.

"한 시간 일찍 가는 게 미안해서 그러는구나. 여기는 걱정하지 말고 퇴근해."

구두닦이 조 씨가 말했다. 그는 내게 1,000원을 따서인지 표정이 좋았다. 나는 그와 악수를 나눈 후 목욕탕 밖으로 나왔다. 이제 퇴근카드를 찍어야 한다. 나는 꺾어 신은 신발을 바르게 한 뒤 3층 관리사무실로 올라갔다.

직원들은 모두 퇴근하고 없었다. 나는 사무실 입구에 있는 고객용 PC 앞에 앉았다. 퇴근카드를 찍기 전에 해야 할 일이 있었다. PC 전원을 켠 뒤 터미널 사이트에 접속했다. 버스를 예약하기 위해서였다. 로그인하고 이런 저런 결제라인을 거치다 보니 시간이 꽤 걸렸다. 얼마 뒤 '예약이 완료되었습니다'라는 메시지 창이 떴다. 버스 행선지는 수안보였다. 공무원연수원이 있는 곳이다. 내일 아침 곧바로 이동할 것이다. 내일 이후 공 코치의 운명이 어떻게 바뀔는지 지금으로선 알 수 없다.

차표 예약을 마친 나는 석규에게 카톡을 보냈다. 서방준 일행 접대가 원활히 진행 중인지 다시금 궁금했다. 곧바로 삐링! 답변이 날아왔다.

— 친구야. 새삼 고맙다. 엄청나게들 마신다. 서방준 테이블 매상이 벌써 200만 원을 넘었다.

나는 씨익 웃으며 다시 카톡을 보냈다.

— 에이, 겨우 그 정도에 만족하면 쓰나 더 힘을 내봐.

이후 나는 휴대폰에서 서방준의 번호를 차단했다. 얼마 후면 수백만 원 술값에 당황한 서방준이 내게 전화를 걸어올 것이다. 거기에 응대할 필요는 없었다.

휴대폰을 내려놓은 뒤 숨을 골랐다. 괜스레 쓴웃음이 나왔다. 알량한 공정심 때문이었다. 회사에는 제대로 한 방 먹이지도 못하면서 서방준만 골탕먹이는 게 개운치 않았다. 얄밉긴 해도 그 또한 하찮은 머슴 아닌가. 힘없는 노비들끼리 치고받으며 제 살 깎아 먹기를 하고 있다고 생각하니 왠지 서글펐다. 하지만 이렇게라도 하지 않으면 내가 미쳐버릴 것만 같았다. 일단은 이렇게라도 막힌 마음에 숨통을 트여 줘야 했다.

이제 중요한 일을 해야 한다. 나는 휴대폰을 다시 들었다. 주소록을 뒤적여 신솔희의 연락처를 찾아냈다. 코스나 공모전에 지원했다가 디자인을 강탈당한 그녀, 신솔희는 이제 나의 히든카드다. 휴대폰 화면에 그녀의 전화번호와 이메일 주소가 나란히 떴다. 나는 컴퓨터 키보드에 손을 올렸다. 그리고 신솔희에게 이메일을 쓰기 시작했다.

안녕하세요. 일전에 통화했었던 코스나 디자이너 강기웅이라고 합니다. 도움을 드리고자 연락한 것이니 껄끄러워하지 않으셨음 합니다.

우리 회사를 상대로 소송을 진행하시려다 포기하셨던 거로 압니다. 포기하지 마십시오. 우리 회사의 표절이 맞습니다. 제가 증인이 되어 드리겠습니다.

왜 갑자기 양심선언을 하는 건지 궁금하실 겁니다. 자세한 내막은 말하기가 복잡합니다. 나중에 기회 되면 자세히 설명 드리겠습니다.

확실한 건 P사가 신솔희 씨의 디자인을 훔쳤다는 것입니다. 님께서 이 사실을 법정으로 끌고 가신다면 저는 기꺼이 증인이 되어 드리겠습니다. 그리고 제가 책임질 일이 있다면 책임을 지겠습니다.

　　도움이 필요하시거든 꼭 연락 주십시오.

　이메일 작성을 마친 후 전송 버튼을 눌렀다. '메일을 성공적으로 보냈습니다'라는 메시지가 떴다. 이후 곧바로 신솔희에게 카톡을 보냈다.

　— 코스나 디자이너 강기웅이라고 합니다. 디자인 표절 문제로 신솔희 씨께 이메일을 보냈습니다. 확인 바랍니다.

　혹여 신솔희가 이메일을 안 읽을 수도 있기에 카톡으로 확인 작업을 한 것이었다. 그리고 나는 잠시 생각에 빠졌다. 신솔희가 답변을 하기는 할까. 카톡을 씹지는 않을까. 그냥 직접 통화할 걸 그랬나….

　잠깐이지만 별별 생각이 다 들었다. 그 와중 카톡의 숫자 1이 없어졌다. 신솔희가 곧바로 내 메시지를 읽었다. 안도감이 들었다. 한편으로는 나 스스로가 얍삽하게 느껴졌다. 디자인실 복귀를 타진할 땐 모른 체하다가 복귀가 무산되자 돕겠다고 나서다니. 하지만 이렇게라도 회사와 맞서야 하는 내 심정은 오죽할까.

　나는 아랫입술을 깨물며 자리에서 일어났다. 그때, 카

톡! 효과음이 울렸다.

— 이메일 확인했습니다. 내일쯤 통화하고 싶습니다.

신솔희로부터 생각보다 빨리 답변이 왔다. 도움이 필요한 상황임이 분명했다.

'좋다. 해 보는 거다!'

나는 주먹을 불끈 쥐었다. 디자인 표절 사건을 소송으로 끌고 가는 게 1차 목표다. 이 사건을 최대한 크게 떠벌릴 작정이다. 언론에도 알리고 포털 게시판에도 세세해 이슈화하련다. 계속 언급했듯 현재 P사는 대기업 M사와의 업무 제휴에 사활을 걸고 있다. 판을 키워 코스닥에 상장해 보려는 수작이다. 그 와중 시끄러운 소송판이 벌어지고 P사의 디자인 탈취 사건이 널리 알려진다면 과연 어떻게 될까. 그런 기업과 제휴할 수 있을까. 이미지 쇄신을 노리는 M사로선 쉽지 않을 것이다.

나는 입술을 굳게 다문 채 퇴근카드를 찍었다. 띠디딕, 밤 10시 32분이 퇴근 시각으로 찍혔다. 이제 마지막으로 해야 할 일이 남았다. 나는 안주머니를 만지작거리며 관리이사의 자리로 이동했다. 그리고 아까 작성한 사직서를 꺼내 책상 위에 올려놓았다.

이렇게 나와 P사의 인연은 끝났다. 물론 이것이 끝은 아니라고 생각한다. 회사에 복수한 뒤 비장한 표정으로

하늘을 처다보는 어떤 영화의 주인공처럼 나도 언젠가
는, 언젠가는…. 물론 그 '언젠가'가 언제가 될는지는 잘
모르겠지만.

　나는 관리사무실 문을 열고 나왔다. 건물 밖으로 나가
기 위해 1층 로비로 걸어 내려왔다. 출입구 맞은편에 안
내데스크가 보인다. 혹시 곽유나가 있을까? 눈을 크게 떠
보았다. 그러나 그곳엔 아무도 없었다.

우리나라는 1960~1970년대에 산업화를 맞았습니다. 그리고 현 시점의 우리나라는 결코 세계의 뒷전에 서지 않습니다. 조그마한 땅, 거기서도 반이 갈린 왜소한 나라가 이렇게 성장할 수 있었던 건 산업화 때문임을 부인할 수 없을 겁니다. 여기서 간과해선 안 될 사실이 있습니다. 산업화 성공의 밑바탕에는 열악한 근로 조건에 신음하던 많은 이의 피와 땀이 스며 있다는 것입니다.

노동자가 인권유린과 저임금을 견디며 이룩한 경제적 부가가치는 그러나 일부 권력층과 자본계급에게로만 쏠리고 맙니다. 노동자는 단물 빠진 껌처럼 내뱉어집니다.

이에 대한 저항으로 태동한 노동문학은 풍자와 골계를 바탕으로 지배층의 모순을 비판합니다. 계급 간 불평등을 꼬집고 노동자의 피폐한 삶을 보듬으며 1980년대 이르러 절정을 맞습니다.

그러나 불꽃은 오래 타오르지 못합니다. 1990년대 들어 '이념'에서 '개인 만족'으로 가치 기준이 넘어가기 때문입니다. 이에 따라 노동문학은 급격히 쇠락합니다. 전체 문학의 중심축 또한 현실과 서사 대신 문체와 내면 묘사로 이동해 버립니다.

다시 세월은 흘렀습니다. 그리고 현재.

사회·경제적 불평등은 여전히 우리 앞에 놓여 있습니다. 오히려 더욱 지능적이고 광범위해졌습니다. 노동 문제 또한 계속해서 사회의 발목을 잡고 있습니다. 임금 체납, 과로사, 부당해고, 착취 등을 다룬 기사가 여전히 신문 사회면을 채우는 형국입니다. 흙수저론과 열정페이 논란까지 더해지며 양상은 보다 복잡해졌습니다.

이에 대한 반발 때문일까요. 최근 영화, 드라마, 웹툰 분야에서 다양한 노동 콘텐츠가 나오고 있습니다. 이에 반해 문학 분야는 아직 웅크리고 있는 느낌입니다. 사회 현실을 파고들며 노동자의 고단한 삶을 어루만져 주어야 함에도…. 이는 안타까운 일입니다. 글은 노동 콘텐츠의 뿌리이자 시작점이기 때문입니다.

『그 남자의 목욕』은 노동 소설입니다. 부당한 인사발령에 괴로워하는 한 직장인의 일상을 그렸습니다. 노사쟁의, 총파업, 계급투쟁, 비정규직 등 거창한 노동 어젠다를 들먹이지 않습니다. 무리하게 권선징악적 결말을 연출하거나 억지로 카타르시스를 유도하지도 않습니다. 그저, 불완전고용의 덫에 걸린 한 노동자의 삶을 핍진하게 따라가며 노동 현장의 가혹함을 고발할 뿐입니다. 물론 이 작업 또한 쉽지만은 않았습니다. 사실감을 높이기 위해 많은 취재를 해야 했으며, 개인적인 경험도 상당량 녹여내야 했습니다.

그래도 제 노력이 일천하지만은 않았던 모양입니다. 수원문화재단에서 제 작품의 가능성을 인정해 창작지원금을 투여해 주었으니까요. 원고가 세상을 볼 수 있게 손을 내밀어 준 수원문화재단 측에 다시금 감사하다는 말씀 올립니다. 그리고 깔끔하게 책으로 엮어준 파지트 출판사에도 진심어린 고마움을 표합니다.

부디 제 졸작이, 직장인 문학이 기지개를 켜는 데 작은 힘이라도 보탰으면 합니다. 굳이 제 소설을 통해서가 아니어도, 어떻게든 노동 문학이 부활하길 희망합니다. 그곳에는 '사람'이 자리하고 있기 때문입니다. 먹고 살기 위해 모든 걸 걸어야 하는 '사람'들…. 그분들께 곡진한 인사를 건네 봅니다.

2022년 가을

유두진

이병국

시인, 문학평론가

노동의 가치와 인간 존엄을 향한 진심

당신은 이 모든 것이 바람직하다고 생각하는가?
아니다. 나는 그렇게 생각하지 않는다.

조지 오웰, 『위건 부두로 가는 길』

1

유두진의 소설은 노동의 문제를 다룬다. 유두진이 이를 기록하기 위해 활용하는 접근법은 '나'의 불완전고용의 양태를 형상화하는 것이다. 『그 남자의 목욕』의 초점화자인 강기웅, '나'는 P사에 제품디자이너로 입사했으나 3년 만에 P사 계열 스포츠센터 목욕탕 청소 보직으로 인사 발령을 받는다. '나'가 회사의 권고사직을 거부했기 때문이다. 이에 '나'는 회사를 상대로 '부당전직 구제신청'을 제기하고 서울지방노동위원회의 심판을 기다리며 목욕탕 청소 일을 충실히 수행한다. 이 과정에서 '나'는 회사가 은밀히 수행하는 적대와 혐오의 통치기술과 마주하게 된다. 노동자로서의 존엄을 상실케 하는 폭력적 상황

속에서 '나'는 고군분투하지만, 세계는 그의 편을 들어주지 않는다.

실상은 다를지라도 신자유주의 시장 경제체제하의 기업이 명분으로 삼는 고용 시장 유연화는 외부 환경 변화에 신속히 대응하기 위해 인적 자원을 효율적 배분하여 기업의 경영 혁신 성과를 높이고 기업 경쟁력을 강화하는 데 기여한다. 당연하게도 이는 기업의 입장만을 대변하는 정책이다. 다시 말해 유연한 고용은 경영합리화라는 명목으로 고용을 축소함으로써 일자리를 감소시키고 노동자를 임시직 혹은 비정규직으로 내몰면서 고용 기간을 보장받을 수 없는 위치로 강제하는 것이다. 이는 노동의 형태를 분화시켜 노동 시장의 이중구조를 고착화하였다. 이를 분쇄해야 할 노동 운동 역시 정규직 중심의 노동권 강화를 내세움으로써 이중구조를 심화시키고 말았다. 랏자라또가 이야기하듯 신자유주의 사회는 일정한 비율의 임시성, 불안전, 불평등, 빈곤이 있을 때 편안하게 유지되기 때문에 불평등의 축소나 근절 대신 차이들을 이용하고 그것을 바탕으로 노동자를 통치한다. 그로 인해 불안정한 위치에 놓인 노동자는 사회와 기업이 강제하는 열악한 노동 조건을 내면화한 채 스스로를 타자화하는 한편 노동 시장에서 살아남기 위해 자신과 같은 처지의 다른 노동자와 경쟁하고 그를 배제하며 소외시킨다.

　오늘날의 노동자는 파편화된 개인으로 존재하며 생존의 최전선에서 '쓰레기가 되는 삶'(바우만)에 처하지 않기 위해 권력의 요구를 수용함으로써 '호모 사케르'(아감벤)의 존재 방식을 따른다. 잉여적 존재가 되지 않으려는 노동자들의 절박함은 스스로를 '프레카리아트(Precariat)'로 전락시키며 신자유주의 사회가 노동자를 통치하는 데 유용한 전략을 제공한다. 영국의 경제학자 가이 스탠딩이 처음 제기한 프레카리아트는 '불확실한(precario)'과 '프롤레타리아(proletariat)'를 조합한 합성어로 고용 형태나 임금 수준 등을 넘어 사회와 공동체, 삶의 안정과 불안 등의 측면에서 폭넓게 노동자 집단을 파악하는 개념이다. 이는 고정된 계급이라기보다는 형성 중인 계급으로 불안정성을 담보하는 일종의 비-계급적 존재를 가리킨다. 비정규직 노동자를 지칭하는 프레카리아트는 고용의 불안정성에 시달리는 정규직을 포함하여 오늘날 노동자의 현실을 적확하게 드러내는 용어라 할 수 있다. 사회적 보호 바깥에서 착취당하는, 그럼으로써 생존을 위해 존엄을 포기해야만 하는 프레카리아트 노동자의 실상은 참혹하기만 하다.

2

『그 남자의 목욕』은 노동 문제를 다루면서도 과거의 노동소설이 형상화하던 노동-자본 간의 갈등과 투쟁, 파업의 도식성에서는 멀리 떨어져 있다. 그보다는 불완전 고용의 실태를 드러내고 경험을 복기함으로써 인간 존엄을 억압하는 기업의 행태 그리고 그것을 장려하기까지 하는 신자유주의 체제의 세계를 비판하는 데 목적을 두고 있다.

족벌경영 체제를 유지하는 P사 내의 알력 관계, 즉 "사장 아들과 사위의 파워게임 탓"(21쪽)에 '나'는 권고사직을 강요당한다. 사장의 외아들 한창희가 홍보부와 개발부에 자기 사람을 심어놓는 과정에서 자신의 내연녀를 디자인실에 끌어들이면서 발생한 잉여 인력의 희생양으로 '나'가 선택당한 것인데 '나'가 "사직을 거부하자 회사 측은 해고 카드를 빼 들었다".(23쪽) 그러나 해고의 합당한 사유가 없기 때문에 회사는 '나'를 제품디자이너에서 목욕탕 청소원으로 보복성 인사를 단행한다. 이에 대응하기 위해 '나'는 부당전직 구제신청을 제기한다.

부당전직 구제신청에 대해서도 자신감이 점점 떨어진다.

지방노동위원회에 서류를 접수할 때만 해도 자신이 있었다. 내가 무조건 이기고 복직할 것으로 생각했다. 시간이 갈수록 불안감이 찾아왔다. 회사가 서방준을 앞세워 강하게 압박할수록 점차 내 마음도 쪼그라들었다. 현실도 생각해야 했다. 구제신청이 기각되었을 경우를 대비해야 한다. 그러나 현재의 나를 생각하면 골치부터 아팠다. 내 나이 벌써 서른둘이다. 다른 회사에 신입으로 들어가기도 경력으로 들어가기도 모호한 나이가 돼 버렸다.(27~28쪽)

　주지하다시피 개인에게 노동은 생계를 위한 수단일 뿐만 아니라 자신의 존재 가치를 증명하고 의미를 부여하는 구체적 수행이다. 그러나 '나'의 의지와는 달리 회사가 강제하는 노동의 형태는 존재의 가치를 훼손한다. 제품디자이너로의 정체성을 가진 '나'가 목욕탕 청소원이 된 자리에서 느끼는 정동은 열패감일 수밖에 없다. 아무리 이전과 같은 월급과 출퇴근 시간이 주어진다고 해도 노동이 그저 생계의 방편에 불과할 때, 존재는 자신의 존엄을 증명할 어떠한 근거도 찾기 어려운 것이 사실이다. 외부적 조건에 의해 자존감을 상실할 위험에 놓인 '나'는 적극적으로 대응하지만, 결과를 확정할 수 없어 불안하기만 하다. 불안은 존재를 위축시키며 영혼을 잠식한다. 특히 하루하루 나이가 들면서 노동 시장에서 배제될지도 모른다는 점은 고용의 불확실성과 맞물려 자신이 비-존재로 전락할 위험을 가시화하며 잉여의 공포 속에 자신을 노출시킨다. 구제신청이 기각되었을 경우, 마땅한 대비책이 없다는 것 또한 자신의 몫을 빼앗기고도 저항할 수 없는, 영원한 타자로 머물러야 함을 의미한다. 불안정성을 일상으로 수용하는 삶이란 바깥을, 존재 가치와 의미에 대해 사유할 수 있는 삶의 너머를 상상할 수 없게 만든다.

흥미로운 점은 '나'를 둘러싼 노동 구성원의 행위에 있다. 목욕탕 관리자이면서 '나'의 근태를 감시하는 한편(표면적으로 드러나진 않지만) 회사의 사주를 받아 '나'를 압박하는 서방준과 그와 정반대의 위치에서 '나'의 처지를 이해하며 응원하는 피트니스 트레이너 공치호와의 관계를 주목할 필요가 있다. 그들은 '나'와 동일한 노동자이지만 공동의 가치를 위해 연대하기보다는 회사를 대리하는 존재들이다. 그들은 모두 '나'가 제품디자이너일 때는 본사에서 가끔 만날 때마다 인사를 나누면서 '나'를 선생님이라 부르던 예의 바르고 괜찮은 이들이었다. 그러나 서방준은 '나'가 목욕탕으로 발령받자마자 '강기웅 씨'에서 '강씨' 또는 '어이'라고 부르며 '나'를 구박한다. 공 코치는 '나'가 목욕탕에 발령받은 이후에도 선생님이라는 호칭을 유지하며 예의 바르게 행동하지만, 그것은 그저 '나'를 감시하고 '나'에 관한 정보를 회사에 보고하기 위해 위장된 친밀감이었다는 것이 밝혀진다. 서방준과 공 코치는 서로 다른 방법으로 '나'와 관계를 맺지만, 노동자로서의 연대보다는 회사의 지시를 기계적으로 따르는 존재에 머문다. 이는 앞에서 랏자라또의 말을 빌려 이야기했듯 신자유주의 사회의 통치 전략에 해당한다. 일정한 비율의 임시성, 불안전, 불평등, 빈곤을 초래하는 치이를 바탕으로 혐오와 구분을 부추겨 노동자 간의 결속을 약화시키는 것이다. 서방준의 행위를 '나' 나름대로 추측한 세 가지 이유 중 급여 차이와 직군의 차이가 이를 여실히 드러낸다. 차이가 만든 혐오의 정동이 서방준으로 하여금 '나'를 소외시키라는 회사의 요구에 순응하게 만드는 것이다. 그리고 이 행위는 고졸 직원인 자신의 불안정한 고용 양태를 안정화하는 데 기여하는 일임에 틀림이 없다. 반면 공 코치는 '나'와의 관계에서 서방준이 느낄 법한 혐오의 정동이 보이지 않는다. 그렇기 때문에 공 코치가 회사의 사주를 받아 '나'를 감시하고 '나'에 관한 정보를 회사 측에 알릴 이유를 찾기가 어렵다. 그러나 공 코치 역시 불안정한 고용 상태에 처한 존재라는 것을 짐작할 만한 부분이 있다. 그가 '나'에게 한 말 대부분을 믿을 수는 없겠으나, '나'의 경계심을 없애는 데 영향을 미친 과거 기억, 즉 "대전의 모 스포츠센터에서 일할 때 부당한 대우를 받고 골머리를 앓은 적이 있다"(19쪽)는 것을 그대로 받아들인다면 어떨까. 그렇다면 공 코치 역시 서방준과 마찬가지로 회사가 요구하는 바를 수행함으로써 불안정한 고용 양태를 안정화하는 데 '나'를 수단으로 활용할 이유가 되는 셈이다.

이처럼 '나'와 서방준, 공 코치는 모두 불안정한 고용 상황으로 말미암아 불안한 현실을 감내해야만 하는 존재이다. 여기에 그들이 정규직이냐 비정규직이냐의 구분은 불필요하다. 다만 회사 차원에서 '나'는 잉여적 자원이자 퇴출 대상이므로 서방준과 공 코치와는 차이를 보인다. 물론 '나'의 구제신청이 받아들여져 제품디자이너로 복직한다고 해서 '나'와의 관계 속에서 그들이 받게 될 불이익은 없다. 그러나 '나'의 복직은 회사와의 갈등 관계에서 회사의 패배를 의미하게 되어 이를 막지 못한 그들에게 실제적 불이익으로 전가될 위험이 될 것이 분명하다. '내가 살기 위해서는 남을 죽여야 한다.' 고용 시장에서의 생존을 위해서라면 불안정한 상황을 개선하기 위해 어렵고 위험한 모험을 하기보다는 회사가 강제하는 요구를 수행함으로써 일신의 안정을 도모하는 것이 신자유주의 체제하에서 옳은 선택인지도 모를 일이다. 그것이 다른 선택지가 부재한, 강요된 선택일지라도 말이다. 그러니 그들을 비난하는 것은 신자유주의 사회의 폭력과 억압, 착취의 메커니즘을 지나치게 협소하게 바라보는 것일 수도 있다. 유두진의 소설이 형상화하고 있는 존재론적 질문이 무겁게 느껴지는 이유가 여기에 있다.

3

조지 오웰은 「나는 왜 쓰는가」를 통해 글을 쓰는 동기를 크게 네 가지로 구분했다. 첫째는 똑똑해 보이고 싶고 기억되고 싶은 순전한 이기심, 둘째는 외부 세계의 아름다움에 대한 미학적 열정, 셋째는 진실을 알아내고 그것을 보존해두려는 역사적 충동, 넷째는 특정 방향으로 세상을 밀고 가면서 어떤 사회를 지향하며 분투해야 하는지에 대한 남들의 생각을 바꾸려는 정치적 목적이 그것이다. 그러면서 어떤 글이든 정치적 편향으로부터 자유로울 수는 없다고 하였다. 알다시피 예술이 정치와 무관해야 한다는 의견도 하나의 정치적 태도를 보이는 것이기 때문이다. 유두진의 소설은 표면에서 드러나듯 지극

히 정치적이다. 앞에서 살펴보았듯이 유두진은 불완전고
용 속에서 생존을 위해 불합리하고 부조리한 행위에 연
루되어야 하는 존재들을 통해 신자유주의 시대의 폭력성
을 증언하고 있다. 또한 인터넷 카페 '정당한 권리를 위
하여'의 '부당노동행위 고발 게시판' 노동착취 사연을 통
해 폭력적 현실에 대한 비판적 의견을 직접 드러내기도
한다.

　　　고용주의 '갑질'이 도를 넘어서고 있었다. 미용실이나 과일
가게뿐만이 아니었다. 이른바 '하위 직업군'에선 별의별 착취가 다
일어나고 있었다. (……) 사실 하위 직업군은 고용주나 직원이나 모
두 서민층인 경우가 많다. 그런 사람들끼리 한쪽에선 노동력을 수
탈하고 다른 한쪽에선 투덜대며 욕을 하고 있었다. 악순환이다. 대
체 왜 그래야 하는가.
　　　고급 직업군의 착취는 보다 뻔뻔했다. 게시판 사연에는 '열
정 착취'에 관한 한탄도 쉽게 찾을 수 있었다. 국제기구나 유명 기
관의 경우 인턴 직원을 모집하면서 당당히 '무급'임을 내세운다고
했다. (……) 그런 악조건에도 인턴 지원자는 줄을 선단다. 유명기구
에서 인턴으로 활동했다는 흔적이 이력 관리상 필요하기 때문이
다.(55~56쪽)

부당노동, 노동착취는 특정한 기업에서만 이루어지는 것이 아니다. 그것은 우리 주변에 만연해 있다. 생계와 생존이 주된 목적인 하위 직업군을 비롯하여 지금보다 나은 세계를 만들겠다는 국제기구 등의 고급 직업군에서도 인간에 대한 착취는 벌어진다. 유연성과 합리성을 빙자한 착취적 관계는 우리 삶 전반에 불합리한 방식으로 작동하고 있지만, 우리는 그에 저항하기보다는 서로가 서로를 착취하고 욕하면서도 이력서 한 줄을 위해 아등바등 붙잡고 늘어진다. "세상살이 고되"(56쪽)더라도 버티지 못하고 '살이'의 구조에서 이탈되는 순간 존재는 '쓰레기가 되는 삶'으로 전락할 위험이 농후하기 때문이다. 노동자 개인이 세계의 구조에 저항한다는 것은 전 존재를 걸어야만 하는 잔인한 수행이 된다. 그럴수록 노동자 간의 연대가 절실히 요구되지만, 그것이 쉬운 일이 아니라는 것을 우리는 삶의 경험으로 말미암아 이미 너무나도 잘 알고 있다.

회사의 폭압에 시달리는 직원이 있으면 같은 직원끼리 감싸고 위로해 줘야 하는 것 아닌가. 물론 곰곰이 생각해 보면 이해가 안 가는 것은 아니다. 그들에게는 회사와 싸우고 있는 나란 존재가 부담스러울 수 있다. 나한테 잘 해줬다간 회사로부터 불이익을 받

을 수도 있고.(48쪽)

본사 중앙 사무실에 들어섰다. 나를 본 직원들이 차갑게 고
개를 돌렸다. 이젠 그러려니 한다. 하지만 예전엔 섭섭했었다. 동료
가 회사로부터 부당한 대우를 받으면 직원끼리라도 감싸 안아줘야
한다는 아쉬움 때문이었다. 하지만 그들 입장에선 어쩔 수 없는 측
면이 있을 것이다. 회사의 눈 밖에 난 사람을 감싸 안았다가 자신도
밥줄이 끊길 수 있으니 말이다.(157쪽)

유두진이 형상화한 소설 속 인물들은 공통의 지평에서
일종의 집합적 주어의 자리에 설 수 있는 이들이다. 그러
나 그들이 관계적 주체로 나아갈 수 없는 이유는 신사유
주의 체제가 만드는 노동의 분할과 적대에 저항하지 않
기 때문이다. 동일한 부조리를 경험하면서도 연대하기보
다는 반목하고 기만하는 그들은 서로를 혐오하고 배제하
거나 소외시키며 단자화된 채로 억압의 굴레를 벗겨내지
못한다. 그저 켜켜이 쌓인 때처럼 강요된 삶의 방식을 따
를 따름이다. 연대의 어려움에 대한 유두진의 사유는 분
명하다. 서방준과 공 코치의 행위로 알 수 있듯이 회사의
폭압에 저항해 "밥줄이 끊길 수 있"는 "불이익을 받"는
것보다 회사의 요구에 순응하는 것이 불안정한 고용 상

태에 놓인 직원에게는 생존을 위한 불가피한 선택일 것이다.

타자화된 존재의 편에서 권력에 저항한다는 것은 자신도 타자화될 위험을 각오해야만 가능한 일이다. 그런 까닭으로 불안정한 상태조차도 잃지 않으려 스스로를 착취하고 타자에게 냉담한 태도를 취한다. 노동자 개인은 부당노동, 노동착취의 불합리한 상황을 알면서도 생존을 위해 저항하지 못하는 왜소한 존재일 따름이다. 자기 자신을 돌보는 것조차 불가능한 상황에서 타자와 연대한다는 것은 애초에 불가능한 일일지도 모른다. 그저 세계가 지시하는 강제에 연루된 채 '가짜 노동'(데니스 뇌르마르크, 아네르스 포그 옌센), 잉여 노동만을 반복하며 스스로를 취약한 존재로 내몬다.

하지만, 하지만… 이런 불합리에 굴복한다면, 그리고 이런 일들이 반복된다면, 세상은 더욱 힘들게 변할 것이다. 개인의 억울함과 정당성을 호소할 곳은 점점 없어질 것이다. 지금까지의 노력이 아까워서가 아니었다. 교연(攪然)해야 할 노동 상식이 회사 측의 말도 안 되는 협박과 노동법의 약한 강제력으로 인해 무너진다는 게 허탈할 뿐이었다.(122쪽)

다행히도 '나'의 부당전직 구제신청은 받아들여진다. 그러나 진정한 투쟁은 이제부터 시작된다. P사는 이에 불복해 '나'를 "복직시키지 않고 그냥 두고 보기"(107쪽)로 했기 때문이다. 더 나아가 '나'를 향해 "중앙노동위원회에 재심을 신청하기로 했어. 거기서도 패할 경우 행정소송으로 갈 거야. 1심, 2심, 대법원까지 가기로 내부방침을 세웠어. 대법원까지 가면 기간은 2년 이상 걸릴 수도 있다"(109쪽)고 통보한다. 어렵게 복직 판정을 얻어내도 회사는 그것을 수용하지 않고 시간을 끌어 노동자가 지쳐 나가떨어지게 만든다. 기업의 꼼수는 진부하지만 변하지 않는 억압의 원리처럼 작동되며 '나'를 절망에 빠뜨린다. 폭력적인 환경에 노출된 '나'는 그저 약자일 따름이다. 약자의 편에 있을 거라 기대했던 법조차 노동자의 편이 되지 못하는 현실 속에서 개인에게 귀속되는 불행은 개인의 문제만이 아니라 사회 전체에 책임을 물어야 할 부당함이자 불공정함임을 폭로한다. '나'가 겪는 불합리에 공감한다면 그것이 소설 속 인물의 사적 경험에 그치지 않고 사회 전반의 문제임을 우리가 이미 알고 있기 때문이다.

"현실을 생각해야죠. 지금 강 선생님은 세상을 바꾸기 위해 노동 투쟁을 하는 게 아니잖아요. 그저 개인적인 싸움이잖아요. 그러니 명분이 약하고 함께 싸워 줄 사람도 없고요"(121쪽)라고 '나'를 향해 말하는 공 코치의 발화는 위로와 공감이라기보다는 현실의 문제를 개인적 층위에 묶어두려는 폭력일 따름이다. 그것은 불합리한 체제를 유지, 재생산하는 권력의 의지와 동일한 맥락을 지닌다. 그러니 그런 부조리한 구조로 인해 소거된 존재가 되는 일이 반복되지 않도록 하기 위해서라도 좌절하고만 있을 수는 없는 노릇이다.

기실 '나'가 회사를 그만두고 새 일자리를 찾는 것은 "쉽게 가는 방법이요, 만사 편한 길"일 것이다. 그렇지만 "나는 회사에 잘못한 게 아무것도 없"으며 "심판회의에서도 이겼"으므로 "회사 측의 부당한 압력에 굴복해 그만"(134쪽) 둘 수가 없다. 회사의 비합리적 요구에 굴복하여 내쫓기지 않기 위해 '나'는 "회사에 남아 투쟁을 계속하"(140쪽)기로 결심한다. "퇴사하지 않고 자리를 지키는 것만으로도 회사 측은 상당한 부담을 느낄 것"(140쪽)이기 때문이다. 한발 더 나아가 '나'는 인터넷 카페 회원들과의 연대와 산별노조에 가입하여 조직의 힘을 빌릴 계획을 짠다. 적극적 저항을 수행함으로써 부당전직이라는 부당함이 주는 환멸과 낙담, 불안의 양태에서 벗어날 길을 열어내고자 하는 것이다.

4

우리는 이미 이 소설을 다 읽었기에 '나'의 계획이 시도조차 되지 못했다는 걸 안다. 수많은 노동자의 투쟁이 성공했다면 신자유주의 체제는 붕괴하고 새로운 시대를 맞았을 것이다. 하지만 이길 가능성이 없다는 것을 알고 있으면서도 부닞혀 보려는 이유는 개별 노동자를 착취하고 그것을 은폐하는 세계의 폭력이 반복되도록 할 수 없기 때문이다. 가만히 있으면 안 되겠다는 생각과 의지가 응전하는 힘으로 전환되어 최선을 다해 맞서게 한다. 그것이 정치적일 수밖에 없는 문학의 지향성이자 정당성이다.

'나'는 결국 사직서를 내고 회사를 떠나기로 한다. 최 씨의 비행을 무마한 일이 들통나면서 저항의 계기가 좌절되었기 때문만이 아니다. 제품디자이너로서의 삶은 오래전 민아와의 만남처럼 허무한 결과만을 낳았고 주체적인 실천의 장에서 상상되던 노동자로서의 자부심은 기실 강제된 복종의 메커니즘 속에서 기만된 정동이었음을 깨달았기 때문이다. 그뿐만이 아니다. 회사가 개인에게 취하는 적대적 행위에 '나' 자신이 복무했다는 사실, 아무것도 하지 않음으로써 공모자의 역할을 한 것이 누군가의 피해를 은폐하는 또 다른 폭력이었음을 직감했기 때문이다. 이는 소설 내에서 반복적으로 언급되는 회사 공모전 심사의 부조리에 '나'가 복무한 것과도 연결된다. 지원자의 아이디어를 착취한 공모전에 일정 부분 연루된 자신의 책임을 다하기 위해서는 부조리한 시스템에서 탈주해야만 한다. 관계적 주체의 존재가 가능한 것은 책임의 윤리를 수행할 수 있을 때이다. 을이라고 생각했던 나의 자리는 누군가에게는 갑으로 여겨지기도 한다. 그러니 을과 을, 노동자와 노동자의 갈등으로 분노하거나 서로를 비난할 이유는 없다. 겨누어야 할 것은 다른 곳에 있다는 걸 잊어서는 안 된다. 압도적인 억압 앞에서 당장은 돌파할 무언가를 찾지 못한다고 하더라도 결정적 한 방을 날릴 '언젠가'를 모색하며 기회를 기다려야 한다. 그럼으로써 기울어진 권력관계에서 위험을 감수하더라도 진실을 말할 용기, 즉 푸코의 용어를 빌어 파레시아(parrhesia)의 실천을 통해 정치적이고 윤리적인 존재로 거듭나야 하는 것이다.

온탕과 냉탕을 오고 가며 겪게 될 수많은 난관이 '나'의 앞에 펼쳐져 있다. 이미 "사내 왕따, 부당한 업무량, 각종 트집 등으로"(133쪽) 괴롭힘을 당했지만, 회사 밖에서 파레시아를 감행하며 '나'가 부딪혀야 할 일은 더 큰 어려움으로 밀려들 것이 불 보듯 뻔하다. 몸과 마음이 황폐해진 '나'는 단자화된 타자로 내몰렸으나 그렇다고 아무것도 하지 않고 스스로를 격리할 수는 없는 노릇이다. 또한 분노의 방향을 개인에게 전가하여 "알량한 공정심"으로 "골탕먹이는" 건 "개운치 않"은 일이다(174쪽). 서방준이나 공 코치, 그리고 '나'는 그저 "하찮은 머슴"이자 "힘없는 노비"일 따름이라서 그들에게 행하는 보복은 사적 층위에서 논할 일이지 파레시아의 실천이라고 할 수는 없을 것이다. 그러므로 '나'는 신솔희와 연대하여 예속되고 잉여적인 상태에서 벗어나 부조리한 사회를 향해 진실을 말할 용기를 낸다.

　신자유주의 사회의 '상식'은 은폐돼 폭력 속에서 존재를 누락시키며 구성된다. 그것은 바람직한 일이 아니다. 목욕탕에서 때를 불리고 그것을 벗겨내야만 개운한 몸으로 새로운 날을 시작할 수 있다. 비록 디자인을 강탈당한 신솔희와의 연대가 '나'의 디자인실 복귀가 무산되면서, 사직한 이후에 비로소 시작될 수 있는 것일지라도 노동과 삶을 둘러싼 외부적 조건을 바꿀 가능성을 타진하는 일이 부정될 이유는 없을 것이다. "조직에 대항하며 권리를 찾기엔 내 힘이 너무 미약했다. 일개 노동자가 회사에 엿을 먹이고 당당하게 권리를 찾는 건 영화 속에서나 나오는 모습"(169쪽)일 뿐이다. 넓은 호수에 돌 하나 던진다고 해일이 일진 않는다. 그저 P사와 M사의 업무 제휴를 불가능하게 할 수는 있을 것이다. 왜소해 보이기만 한 분투일지언정 그것이 가져올 조용한 파문이 연이어 쌓인다면 변화의 토대가 될 가능성은 충분할 것이다. 유연한 고용이라는 명목으로 불완전고용을 당연시하며 그것이 초래하는 노동의 가치 절하와 인간 존엄의 파괴에 맞서는 행위를 지속해 나갈 이유가 여기에 있다. 비록 "그곳엔 아무도 없었다"(178쪽)라는 소설의 마지막 문장처럼 섬처럼 고립되어 외로운 투쟁을 수행할지라도 더는 잉여적 타자가 되지 않도록 관계적 주체의 연대를 도모하고 우리를 우리로 만드는 노동의 삶을 찾기 위한 노력을 멈추지 말아야 할 것이다.

세계는 여전히 강고한 권력으로 우리를 억압하며 사회, 경제적 불평등을 심화시키려 들겠지만, 우리는 우리의 존재 이유와 그것을 담아내는 문학의 정치성을 신뢰하며 다른 가능성의 문을 열고 기꺼이 나아가야 한다. 그 곁에서 유두진의『그 남자의 목욕』은 신자유주의 체제의 폭력에 저항하는 노동 문학, 직장인 문학의 든든한 토대가 되리라 믿어 의심치 않는다.

그 남자의 목욕

초판 1쇄 인쇄 2022년 10월 24일
초판 1쇄 발행 2022년 10월 31일

지은이 유두진

책임 편집 윤소연
마케팅 임동건 **경영 지원** 이지원

펴낸이 최익성 **출판 총괄** 송준기
펴낸곳 파지트 **출판 등록** 제2021-000049호 **제작 지원** 플랜비디자인

주소 경기도 화성시 동탄원천로 354-28
전화 070-7672-1001 **팩스** 02-2179-8994 **이메일** pazit.book@gmail.com

ISBN 979-11-92381-25-1 03810

* 이 책은 수원시와 수원문화재단의 문화예술 창작지원사업에 선정되어 지원받아 발간되었습니다.